LA BODA ESCOPETA

Una novela

Translated to Spanish from the English version of
The Shotgun Wedding

Suchandra Roychowdhury

Ukiyoto Publishing

All global publishing rights are held by

Ukiyoto Publishing

Published in 2023

Content Copyright © Suchandra Roychowdhury

ISBN 9789360168353

All rights reserved.
No part of this publication may be reproduced, transmitted, or stored in a retrieval system, in any form by any means, electronic, mechanical, photocopying, recording or otherwise, without the prior permission of the publisher.

The moral rights of the author have been asserted.

This is a work of fiction. Names, characters, businesses, places, events, locales, and incidents are either the products of the author's imagination or used in a fictitious manner. Any resemblance to actual persons, living or dead, or actual events is purely coincidental.

This book is sold subject to the condition that it shall not by way of trade or otherwise, be lent, resold, hired out or otherwise circulated, without the publisher's prior consent, in any form of binding or cover other than that in which it is published.

www.ukiyoto.com

Impreso en

Este libro se vende con la condición de que no se preste, revenda, alquile ni distribuya de ninguna otra forma, ya sea con fines comerciales o de otro tipo, sin el consentimiento previo del editor, en cualquier forma de encuadernación o cubierta distinta de la forma en que se ha publicado.

En memoria de mi padre,

Sri Subrata Dasgupta

Contenidos

Prólogo	1
El ser y la nada	7
La historia de Over	28
El hogar y el mundo	40
Punto, contrapunto	57
Un largo viaje hacia la noche	70
Hijos y amantes	84
Cuento de invierno	92
Sala del Lobo	98
Mucho ruido y pocas nueces	109
Orgullo y prejuicio	115
Cuento de Navidad	126
Lo que queda del día	139
Tiempos difíciles	145
Casa Desolada	154
Secuestrado	161
El Padrino	170
Armas y rosas	176
Las uvas de la ira	183
Las cosas se desmoronan	195
Atrápame si puedes	201
El corazón de las tinieblas	208

El matrimonio del Cielo y el Infierno	218
Epílogo	232
Sobre el Autor	*235*

Prólogo

La luz del sol penetró en su alma, picando y apuñalando, quemando y magullando. Bhuwan cerró los ojos con fuerza, su rostro moreno, curtido por la intemperie, se resignó al destino y a la fatiga mientras levantaba la cabeza hacia el brillo implacable de un cielo sin nubes. Los dioses de la lluvia han sido esquivos este año, suspiró. Se secó las gotas de sudor de la frente con un trozo de tela raída y se sentó entre los tallos de maíz maduro que ondulaban como una ola de oro en la brisa, relajándose durante un fugaz instante antes de volver al trabajo y los problemas de la vida de subsistencia.

Bhuwan", una voz estridente atravesó el campo, "¡Bhuwan!". La voz ondeó sobre los tallos ámbar, reverberando en la quietud que se cernía sobre una estación reseca y unos días blanqueados por el sol. Bhuwan se levantó lentamente, con su frágil figura temblando ante la inesperada intrusión. Incluso desde la distancia podía distinguir a Vishnu corriendo hacia él, haciendo gestos desesperados para llamar su atención. Claramente sin aliento mientras se acercaba a Bhuwan, Vishnu aún se las arregló para soltar sus trascendentales noticias. ¿No sabes lo que está pasando? Por fin, el cambio está llegando a Phulpukur".

Bhuwan no podía comprender por qué Vishnu estaba tan emocionado; en todos los años que había vivido allí, nunca había ocurrido nada emocionante en Phulpukur. Los ojos de Bhuwan se nublaron de incomprensión; Bhuwan estaba seguro de una cosa: nada podía cambiar ni cambiaría. Phulpukur era eterna y también lo era el abatimiento que eclipsaba las vidas de los campesinos arrendatarios como Vishnu y él. Entonces, ¿por qué tanta euforia? Al fin y al cabo, nadie en el mundo exterior se preocupaba por Phulpukur.

X

Escondida en el rincón más meridional de Bengala Occidental, en la zona del delta marino del distrito de South 24 Parganas, Phulpukur era una pequeña aldea soñolienta, cuya existencia, por desgracia, era intrascendente para el resto del estado. Sin embargo, antaño el distrito había sido la capital del maharajá Pratapaditya de Jessore, que desafió al poderoso imperio mogol y estableció la independencia del sur de Bengala. Poco de aquel glorioso pasado había sobrevivido, erosionado por el tiempo y la indiferencia general hacia la historia, ya que las sucesivas generaciones de habitantes de Phulpukur se habían transformado en una raza de estoica humanidad, que luchaba por satisfacer las mínimas necesidades de la vida.

En un pasado no tan reciente, Phulpukur y su distrito circundante solían ser una extensión de bosques de manglares y pantanos de agua salada que formaban parte del delta del Ganges. El terreno, pantanoso, húmedo y húmedo, estaba prácticamente deshabitado; sólo un puñado de agricultores como Bhuwan y

Vishnu se esforzaban por cultivar pequeñas parcelas de tierra cultivable, partiéndose la espalda para obtener una penosa cosecha de arroz, caña de azúcar, madera y nuez de betel.

El verano en Phulpukur podía ser insoportable, el calor y el polvo ahogaban la sangre vital de los agricultores. El sol empapaba el paisaje rural con capas de calor, saturando las granjas y las masas de agua con un brillo tan centelleante que los verdes y azules de la tierra parecían a punto de vaporizarse en el turquesa del cielo. El aire caliente y húmedo se cernía como un manto sobre los arrozales, mientras los agricultores, quemados por el sol, se dedicaban a su trabajo, siguiendo la práctica habitual de plantar semillas y cultivar cosechas día tras día, año tras año, con rigurosa monotonía. Era una rutina agotadora y una vida aburrida, dura y sin imaginación, pero nadie se quejaba realmente.

A pesar de las penurias, el espíritu que resuena en el aire de Phulpukur tiene un sentido intrínseco de orgullo y amor que no tiene valor económico. Bhuwan y Vishnu, sus hijos Rajeev y Utpal, y la mayoría de los campesinos arrendatarios como ellos, vivían en chabolas desvencijadas con techo de paja y verandas abiertas cubiertas con lona. Durante el monzón, Rajeev y Utpal se lamentaban de que su humilde hogar se viera envuelto en barro, lodo y mugre, pero habían aprendido a vivir con ello. Sus cocinas eran hornos de barro construidos en la oscuridad del pasadizo común entre dos casas. Estas chozas destartaladas albergaban a menudo a familias numerosas y, cuando los ocupantes necesitaban intimidad, levantaban tabiques entre sus habitaciones con viejos saris. La flexible psique jugaad, tan propia de la India, abundaba en este pueblo.

Los focos de riqueza en Phulpukur eran escasos y distantes entre sí, pero existían: un puñado de terratenientes; unos pocos descendientes de un infame dacoit que había merodeado por la tierra décadas atrás y había dejado una suculenta fortuna para que la disfrutaran sus herederos; y un par de familias asociadas a una organización misionera algo destartalada, la Saint James Mission School, que en un principio había pretendido hacer proselitismo y enseñar, pero que había renunciado a toda esperanza de convertir a la gente al cristianismo hacía mucho tiempo, aunque seguía existiendo como instituto educativo desganado, desmoronado por la edad y la historia.

X

Y entonces, en 2006, Phulpukur alcanzó el nadir de su existencia: el Ministerio indio de Panchayati Raj declaró South 24 Parganas como uno de los distritos más atrasados del país y a Phulpukur como un pueblo penoso. Por fin se tomó conciencia de la miserable situación de los habitantes de esta parte del mundo y se acordó por unanimidad en los pasillos sagrados del Parlamento indio que la parte occidental del distrito se designaría zona económica especial, centrada en la promoción de la agricultura, la industria y la piscicultura. Pero primero había que educar a la población para afrontar los retos de la civilización y el progreso. ¿De qué otra forma se puede manipular a una mente iletrada y poco ilustrada y, por lo tanto, insensible e incomprensiva?

Esta decisión de las altas esferas condujo a una serie de situaciones irónicas. En el caso de Phulpukur, la intrusión en su menos que idílica existencia se produjo bajo la apariencia de una campaña de alfabetización del gobierno. Los habitantes de Phulpukur observaron con asombro desvergonzado cómo las escuelas y, este verano en particular, una universidad abrían sus puertas en un esfuerzo por iluminar la mente del aldeano medio.

Los estudiantes de las circunscripciones vecinas de Vidhan Sabha de Gosaba, Basanti, Kultali y Mandirbazar empezaron a llegar a Phulpukur, sumándose así al nutrido grupo de jóvenes locales que buscaban matricularse en la universidad. La educación trajo consigo un círculo vicioso de política. Bhuwan, Vishnu y muchos otros desventurados agricultores tuvieron que ocuparse de sus cultivos por su cuenta, mientras sus hijos e hijas, armados con libros y manifiestos políticos, se unían a la refriega de jóvenes beligerantes para marcar el comienzo del desarrollo. Desde entonces, la vida en Phulpukur nunca volvió a ser la misma.

Esta metamorfosis, cuando llegó a Phulpukur, tuvo efectos de gran alcance, entre los que destaca el nombramiento de Dita Roy en el puesto de profesora a tiempo completo del Phulpukur College. Esta desprevenida dama, sin ningún contacto previo con la política en la Bengala rural, se las arregló para caer en el ojo de la tormenta que se cernía sobre el pueblo y que estaba inextricablemente vinculada al escándalo que adquirió notoriedad perpetua en Bengala Occidental como la Boda de la Escopeta.

La historia -con estratagemas dignas de un gran maestro de ajedrez, protagonizadas por protagonistas imperfectos, políticos astutos con sus contactos mafiosos y damiselas en apuros- cautivó la conciencia nacional. Aunque los sucesos que acapararon los titulares situaron a Phulpukur en el mapa nacional, la historia empezó con una nota anodina ....

xiv

El ser y la nada

El polvo rojo se arremolinaba en torno al camino de tierra, y un velo de partículas de arena se levantaba de la tierra reseca para envolver un pequeño coche blanco que avanzaba dando tumbos por la superficie irregular de la improvisada carretera, sorteando con cautela los baches antes de detenerse, algo inseguro, frente a un viejo y derruido muro de ladrillo. Una ventanilla se abre y un rostro más bien ansioso mira hacia fuera, tratando de comprender el terreno.

Detrás del muro de ladrillo, dos pares de ojos se asomaron con ávido interés desde una ventana del tercer piso del antiguo edificio de la escuela para observar al intruso del coche blanco. El conductor parecía indeciso sobre si salir o no, pero los dos hombres del tercer piso se asomaron aún más para vislumbrar por primera vez al ocupante del coche.

No te tires por la ventanilla, Gopal", reprendió Raja a su ansioso compañero. No conseguirás una vista mejor si sales volando como un arrendajo".

Mira quién habla", refunfuñó Gopal mientras retrocedía. Ni siquiera deberías estar aquí hoy, considerando el hecho de que la persona en el coche creará un gran alboroto aquí en el pueblo y a tu padre no le gustará que te conozcas incluso antes de que él llegue a la escena'.

La mirada de Raja se desvió del coche inmóvil y notó la expresión de aprensión que nublaba la alegría habitual de Gopal. de Gopal. Líneas de ansiedad hacían surcos profundos en la frente de Gopal mientras el hombre de mediana edad y sobrepeso trataba de advertir a Raja de las consecuencias de tratar de eclipsar a su padre. Vete", insistió Gopal, retorciéndose las manos regordetas con desesperación, tirando de la manga arrugada de la camisa blanca de Raja.

De ninguna manera, no voy a ceder, ¿por qué debería Palash Bose tener la sartén por el mango en todo lo que pasa por aquí? Raja sonrió malvadamente. "Vamos a eclipsarlo por una vez.

Los ojos brillando con diabólica alegría, Raja se asomó a la ventana. En sus veinticuatro años de vida, la gente a su alrededor a menudo destacaba la sorprendente calidad de sus despiertos ojos grises bajo unas oscuras cejas en forma de media luna. Su rostro era llamativo, con unos pómulos prominentes y una mandíbula fuerte que disimulaban la curiosa vulnerabilidad de la juventud, y había una pizca de arrogancia en la forma en que a veces miraba por debajo de su nariz aguileña desde su 1,90 m de estatura. Una chispa de picardía siempre presente se sumaba a su encanto rufianesco.

Unos mechones de pelo negro azabache enturbiaban la visión de Raja mientras miraba hacia abajo, teniendo que agacharse casi el doble para encajar su alto cuerpo en el de la ventana. Finalmente fue recompensado al ver a la conductora salir tímidamente del coche, obviamente intimidada por la imponente reliquia de los días del Raj que tenía delante. El edificio de la escuela era una pieza arquitectónica fascinante y bastante imponente.

Gopal, no te lo vas a creer", le susurró Raja, con un deje de risa en sus palabras. Gopal volvió corriendo a la ventana, justo a tiempo para ver a la frágil joven, vestida con un salwar-kameez azul, que salía del coche. Su vaporosa dupatta de gasa se desplegó como una mariposa al viento, toda agitada por la curiosidad, hasta que hasta que la recogió con un tirón impaciente. Su rostro pequeño y delicado tenía un encanto de elfo, sobre todo cuando se iluminaba con una sonrisa traviesa. La sonrisa, sin embargo, estaba ausente en ese momento, una densa sombra de incertidumbre oscurecía la alegría habitual de sus expresivos ojos oscuros. Miró a su alrededor con recelo: todo era terra incognita para ella, vasto, incomprensible y desconocido.

Raja, tu padre no estará nada contento", susurró Gopal, aprensivo y vacilante. No esperaba a una mujer para el puesto que ha quedado vacante en el colegio".

No, al viejo zorro no le gustará nada', coincidió Raja. Creí que había mencionado a alguien llamado Aditya Roy, enviado por la Comisión de Servicios del Colegio. No es frecuente que se equivoque....", se interrumpió al hacer contacto visual con la dama en cuestión.

Dita levantó la vista, torciendo el cuello y entrecerrando los ojos contra los rayos de un sol implacable, cuando vio a las dos figuras en el tercer piso. Desde el nivel del suelo, parecían dos curiosas marionetas sujetas por tenues hilos a una ventana inclinada. Eran las únicas personas que había en la imponente pero ruinosa estructura que tenía delante, y estaban tan asomadas a la ventana que inmediatamente se preocupó por su seguridad. Desde su posición de evidente desventaja, pudo distinguir que, de los dos, uno era evidentemente más joven. Dudó un momento y luego le hizo señas para que bajara.

Raja hizo un gesto infinitesimal de comprensión, indicando que bajaba.

Su alegre humor se vio algo alterado cuando se acercó a las altas y oxidadas puertas de hierro de la escuela, desgastadas y antiguas y cubiertas de arbustos. Se detuvo en seco, percibiendo las oleadas de tensión que rezumaba la figura menuda que le miraba con ojos aprensivos desde el otro lado del anticuado portal. Era delicada, menuda y pálida de ansiedad. Raja se encontró mirándola una vez más. Sus ojos se abrieron de golpe cuando él se acercó; suspiró al darse cuenta de la impresión que debía estar dando ahora mismo, mugriento y desgarbado con ropa prestada. Seguramente lo tomaría por algún tipo de vagabundo.

Gopal, que seguía asomado a la ventana del tercer piso agitando los brazos regordetes como un pulpo ineficaz, trató de aliviar la incómoda situación. Llévala a la oficina del director, las puertas están abiertas y puede esperar allí hasta que llegue el personal de la oficina", y luego añadió como una ocurrencia tardía: "Mientras tanto, puedes subir y traerle un poco de té". En el universo de Gopal, el té era la panacea para todos los problemas imaginables.

Las puertas se abrieron con un chirrido cuando Raja empujó hacia atrás un lado de la imponente barrera, y la ansiosa mujer entró. Lo siento, pero buscaba el colegio de Phulpukur y los aldeanos me indicaron esta dirección", miró preocupada a Raja, lejos de sentirse tranquila por su aspecto desaliñado. Pero veo que esto es el campus de una escuela, no un colegio".

Raja prefirió no responder inmediatamente, en su lugar tenía una pregunta. "¿Has sido nombrado por la Comisión de Servicios Universitarios para ocupar un puesto en el Colegio Phulpukur?

"Sí", fue la respuesta sorprendida; ella estaba sorprendida de que él supiera tanto.

Entonces has venido al lugar adecuado", trató de tranquilizarla Raja, mientras la conducía a través de los arcos coloniales hacia el despacho del director. El colegio Phulpukur está todavía en su fase inicial y, como no tiene un campus propio, las clases se imparten aquí, en la segunda planta del colegio Saint James".

Dita trató de contener el pánico. ¿No hay campus? ¿Qué quería decir exactamente aquel desconocido desaliñado? Intentó seguirle el ritmo, casi echando a correr mientras él avanzaba a grandes zancadas. Al darse cuenta de que le costaba seguirle, Raja se detuvo, se dio la vuelta y la clavó en el suelo con sus sorprendentes ojos grises. Los miembros del consejo de administración están haciendo todo lo posible para movilizar el campus de la universidad, que se está construyendo en un terreno más adelante", le informó, mientras observaba la conmoción reflejada en su rostro con profunda simpatía. No era una situación prometedora, y ella ni siquiera había conocido a su padre, Palash Bose, que era el presidente del órgano de gobierno del Phulpukur College. Palash sería un desafío insuperable con el que ella, obviamente, tendría que lidiar.

Raja abrió las puertas del despacho del director y la hizo pasar, indicándole que se sentara en uno de los sillones de cuero desgastados por el tiempo. Parecía aturdida mientras contemplaba el mobiliario anticuado, la penumbra de la sala rota por los rayos de sol que se colaban por las ventanas. Libros y revistas, enmohecidos por el paso del tiempo, se alineaban en las estanterías que cruzaban las paredes. Sin palabras e inquieta, Dita se sentó.

Todo en aquel lugar le resultaba intrigante: una escuela de pueblo con ecos del pasado colonial, una sala repleta de diarios que parecían tener valor de anticuario, un pilluelo con un acento entrecortado y pulido y un vocabulario sofisticado; y ¿podría ser su imaginación, o en realidad estaba silbando "Wind of Change"? ¡Qué extraño!

Raja pudo ver en su rostro la ansiedad que luchaba con la curiosidad y trató de aliviarla un poco explicándole brevemente el lugar. Esta escuela fue construida por misioneros cristianos, que trabajaban bajo la carga del hombre blanco para predicar, hacer proselitismo y educar", se rió. Afortunadamente para Phulpukur, el edificio que construyeron sobrevivió al Raj. Aunque está un poco deteriorado y se mantiene con un flujo de dinero muy limitado, sigue siendo impresionante".

Sus palabras fueron bruscamente interrumpidas por Gopal llamando a Raja desde arriba. Raja salió corriendo, ofreciendo una sonrisa pícara mientras se iba. Volveré con un poco de té para ti. Supongo que te vendría bien una taza antes de reunirte con el cuerpo directivo de la universidad'.

Casi media hora mas tarde, el joven todavia no habia aparecido con la prometida taza de te, cuando las puertas del despacho del director volvieron a abrirse y una pequena multitud entro. Una figura alta e imponente encabezaba el grupo, vestida con dhoti y kurta de un blanco impoluto, gafas de montura dorada asentadas sobre el puente de una nariz aguileña, ojos sagaces que brillaban tras los cristales mientras observaba a la figura menuda que le miraba con ansiedad.

Namoshkar, soy Palash Bose, presidente del órgano de gobierno del Phulpukur College. Me jubilé del puesto de director del Diamond Harbour College hace dos años y desde entonces mi misión ha sido trabajar por este colegio". La multitud se quedó en un silencio casi obsequioso mientras él continuaba: "Siento haberles hecho esperar, pero vinimos en cuanto recibimos de Gopal la noticia de su llegada. Aunque debo confesar que esperaba a alguien llamado Aditya Roy...", le dirigió una mirada inquisitiva, desafiándola en silencio como si fuera una impostora.

Supongo que la Comisión de Servicios de la Universidad no es infalible; se habrán hecho un lío con mi nombre", sacó un documento de su voluminoso bolso y se lo entregó a Palash Bose. Esta es mi carta de nombramiento. Soy Dita Roy; voy a ocupar el puesto de profesora en el Departamento de Inglés del Phulpukur College".

El público arrastró los pies y alguien en la parte de atrás exclamó: "¿Departamento de Inglés en Phulpukur? ¿Quién ha oído hablar de eso?

Palash se dio la vuelta, con un gesto de disgusto evidente en el rostro. La multitud volvió a enmudecer. Tras controlar a la multitud, fijó su atención en la desventurada recién llegada. Dita, es un nombre poco corriente, no me extraña que lo hayan confundido. Si no recuerdo mal, es el nombre de la corteza medicinal de la Alstonia scholaris, un árbol de Asia oriental".

Dita se queda impresionada: el hombre sabe mucho y, evidentemente, controla a la gente que le rodea. Siguiendo sus indicaciones, todos se acomodaron alrededor de una inmensa mesa de caoba y Palash empezó a presentar a Dita a los miembros del órgano de gobierno.

'Este es Salim Khan, mi adjunto, se ocupa de los asuntos financieros del colegio. Estará más que dispuesto a ayudarte con las matemáticas, si lo necesitas". Salim movió la cabeza de un lado a otro para indicar que estaba de acuerdo. Y éste es Mukul Nath, mi mano derecha y un experto en todo", continuó Palash, indicando al larguirucho de su izquierda, un saco de piel y huesos con ojos saltones.

Al notar que casi todos vestían dhotis y kurtas de un blanco impoluto, que contrastaba con sus pieles oscuras, Dita tuvo la extraña sensación de estar atrapada en los fotogramas de una película en blanco y negro o, posiblemente, de cine negro. Nunca había visto tantos hombres vestidos con dhoti juntos en un mismo lugar, excepto quizá en las lujosas bodas de Bong. Agrupados en sus atuendos blancos, guardaban un absurdo parecido con el coro del teatro griego clásico, obedeciendo los dictados del director del coro, Palash Bose.

Dita se sintió incómoda y claramente fuera de lugar, como la única mujer en un escenario extraño y claramente inesperado, soportando el escrutinio de una mirada exclusivamente masculina. Con una sacudida mental, se dijo a sí misma que no era el momento de acobardarse; un brillo de acero entró en sus ojos. Para que lo sepas, la Comisión de Servicios de la Universidad me ha nombrado profesora de inglés; las matemáticas no son mi especialidad. ¿Por qué iba a necesitar ayuda con las matemáticas?

Dita no pudo evitar darse cuenta de que la sonrisa de Palash Bose no llegaba a sus ojos, que reflejaban su aguda inteligencia, agudeza y astucia, pero curiosamente carecían de calidez.

'Puede que su trabajo no se limite a dar clases de inglés. Hay muchas cosas que tendrás que hacer aquí. Primero tendrás que planificar el edificio de la universidad, ¿no? Y eso implicará capas y capas de contabilidad financiera, ¿no? replicó Palash.

Dita se estremeció mientras oleadas de presentimientos incomprensibles la entumecían; ¿a qué la estaban arrastrando?

Puesto que eres la primera persona nombrada por el Gobierno para este colegio, tienes que convertirte en directora provisional". Dejó que la sorpresa cayera lentamente. Ahora eres la capitana de este barco", dijo con el ceño fruncido, reacio a entregar las riendas a una mujer obviamente inexperta, una novata.

Fue un puñetazo en el plexo solar de Dita. Ni en sus mejores sueños había imaginado que se enfrentaría a una situación tan insólita. Además, no había tenido ningún contacto previo con el aspecto administrativo de la dirección de un centro educativo. Contempló impotente los rostros curiosos que la miraban, juzgándola, tachándola de chica de ciudad totalmente incapaz de afrontar los retos de un campus en un pueblo. No durará ni un día", parecía ser el consenso silencioso tras las caras de póquer.

Ignorando su desconcierto, Palash continuó con las presentaciones. Dirigiéndose a un hombre de aspecto bastante elegante, vestido con un kurta rojo ricamente bordado y un dhoti blanco impecable, dijo: "Este es Aditya Pundit, se puede decir que ha sido el único responsable de la creación de la universidad aquí en

Phulpukur". Indicando a los dos jóvenes de aspecto idéntico que tenía a su lado, añadió: "Estos son los hijos de Aditya, Papu y Pinku; como pueden ver, son gemelos idénticos. A menudo es muy difícil distinguirlos", casi sonríe.

Han sido de gran ayuda en la organización de la parte administrativa del colegio. El sueño del padre de Aditya, Durjoy Pundit, era llevar la educación superior al pueblo, y durante tres generaciones la familia Pundit se ha dedicado a esta tarea'.

Para entonces, Palash ya se había acostumbrado a su papel de líder del coro. Los Pundit eran zamindars locales que habían pasado por tiempos difíciles poco después de la independencia de la India. Durjoy resultó ser la oveja negra de su familia. A diferencia de los demás herederos y descendientes, no tenía ningún interés en recibir educación. En lugar de libros, cogió pistolas y se convirtió en uno de los dacoits más conocidos de la zona. Cuenta la leyenda que amasó una cuantiosa fortuna y, como llevaba un estilo de vida espartano, apenas la gastó. Debió de arrepentirse, porque en los últimos años de su vida anhelaba lo único que nunca tuvo: educación. En su lecho de muerte, dio instrucciones a sus hijos para que abrieran un colegio en su nombre, aquí, en el pueblo de Phulpukur.

"Fue más fácil decirlo que hacerlo", cuenta Palash. "Los hijos de Durjoy se dirigieron al Ministerio de Educación, que obviamente no estaba dispuesto a crear una universidad en memoria de un criminal infame. Afortunadamente, se llegó a un acuerdo: ..... Los hijos de Durjoy donaron el terreno y una buena cantidad de dinero para iniciar la construcción. Pero el colegio no llevaría el nombre de Durjoy, sino que se llamaría simplemente Phulpukur College. En el recinto se instalará una placa de mármol con el nombre de Durjoy y un retrato suyo de tamaño natural en el salón de la fama".

Aquí, Palash se detuvo, con un aspecto inexplicablemente triste. Pinku retomó la narración. 'Todos los planes estaban en marcha.... Pero entonces ocurrió algo inesperado". Hizo una pausa dramática. Elecciones estatales. Y Raktokarobi, el partido que había gobernado sin oposición durante la última década, se vino abajo. Todo se fue al traste y Shyamol Sathi, hasta entonces un partido incipiente en el mejor de los casos, se hizo con el poder. Atrapado en la telaraña de la transición, el destino del colegio quedó en el limbo burocrático durante años y años".

A todos nos sorprendió que finalmente se aprobara", dijo Papu. Pero aún no se habían liberado los fondos para el edificio. El director de Saint James propuso que empezáramos las clases aquí, en el campus de su escuela, y nos prestó algunas habitaciones y este despacho", señaló la lúgubre habitación que ocupaban en ese momento.

Eso explica parte del misterio", dijo Dita. Mi carta de nombramiento indica que la dirección de esta escuela es la del colegio Phulpukur". Soltó una risita despreocupada. Por eso, cuando preguntaba cómo llegar al colegio, la gente me miraba de forma tan extraña: ....

No hay ninguna universidad de la que hablar".

Palash sonó brusco, casi grosero: "Ya hay clases, nuestro primer grupo se presentará a los exámenes este año. Sólo tienes que instalarte".

Dita estaba desconcertada: "Pero acabas de decir que soy el primer profesor de este colegio. Entonces, ¿quién ha estado enseñando a los estudiantes?

Tenemos un ejército de profesores a tiempo parcial", respondió el último en entrar en la sala, un hombre alegre vestido con pantalones negros formales y camisa blanca. Su expresión corporal irradiaba confianza mientras retiraba con destreza otra silla y se unía al grupo en la mesa. Permítanme que me presente", sonríe. Soy Devdutt Sarkar, director del Saint James. El colegio Phulpukur lleva casi dos años en mi campus. Sé que será una lucha, pero todos estamos ahí para apoyaros, no os preocupéis.

Los planes para el edificio de la universidad ya están en marcha, también se han liberado fondos", continuó Devdutt, felizmente ajeno a la mirada torva de Palash. Sugiero que el órgano de gobierno del colegio autorice a tres signatarios para asignar y desembolsar fondos cuando sea necesario, de modo que no se convierta en un quebradero de cabeza para la señorita Roy".

Dita asintió distraídamente, algo segura de que no la quemarían en la hoguera por asuntos financieros, que no eran su especialidad. Intentó llevar la conversación a terreno conocido. ¿Voy a ver a mi clase hoy? Y, por favor, ¿me das el horario de la universidad?

Mientras los demás se apiñaban en una tristeza pétrea, Salim sacó una carpeta de un montón de carpetas polvorientas esparcidas por la mesa, la abrió por una página amarillenta y se la entregó. Dita cogió la carpeta con cautela y trató de entender el horario escrito a mano.

Le pediré a nuestro jefe de estudios que te lo pase a máquina, la copia maestra está en el tablón de anuncios de la escuela....". añadió Salim.

Mecanografiado o escrito a mano, Dita no daba crédito a lo que veían sus ojos. Pero en este horario no hay ninguna clase de inglés", exclamó. A estas alturas, la situación estaba fuera de control, mucho más allá de su capacidad de comprensión.

Hay una clase obligatoria de inglés", señaló Palash, con una nota de condescendencia evidente en su tono, como si le estuviera haciendo un favor al asignarle esa clase.

¿Quieres decir que necesitas un profesor a tiempo completo para una clase de inglés obligatoria... una vez a la semana? La voz de Dita no dejaba de elevarse, y su incredulidad aumentaba con cada nota ascendente. Se sentía como si se estuviera ahogando en las turbias aguas de Phulpukur, sin ni siquiera una pajita a la que agarrarse. ¿Esta universidad no ofrece inglés como asignatura de honor, ni siquiera como asignatura optativa en el curso de graduación?

¿Quién va a estudiar inglés aquí? Ni siquiera se enseña correctamente en la escuela... ¡y todos nosotros procedemos de escuelas locales de enseñanza bengalí! Apenas sabemos firmar en inglés", señala Pinku. Nunca hemos tenido un profesor de inglés en nuestras escuelas".

Entonces, ¿por qué el colegio solicitó un puesto en inglés? se quejó Dita.

Tanto Palash como Devdutt parecían avergonzados y, como Dita estaba esperando una respuesta y nadie quería explicárselo, Mukul abrió la boca por primera vez en este incómodo encuentro. Querían a alguien con buenos conocimientos de inglés para que se ocupara de la correspondencia que se mantiene casi a diario entre el colegio y el Ministerio de Educación y la Comisión de Servicios del Colegio para conseguir fondos para el colegio, obtener becas universitarias, introducir nuevas asignaturas..... La mayoría de las veces nuestras peticiones son simplemente rechazadas porque nadie puede entender el galimatías que escribimos. No hay nadie que edite o corrija nuestras peticiones y, obviamente, nadie que las escriba en primer lugar".

'Hmmm.... Lo que necesitas es un oficinista glorificado. ¿Podrías haber solicitado uno? observó secamente Dita, tratando de infundir algo de sentido común en la locura en la que parecía estar sumida.

Con el ceño fruncido, Mukul respondió: "Ya tenemos a todo el personal de oficina, nombrado por el Gobierno. Dos administrativos, un contable, un bibliotecario y un oficinista... y te aseguro que, aunque unieran todos sus recursos intelectuales, no serían capaces de escribir ni una sola frase gramaticalmente correcta".

La miró directamente a los ojos: "¿Ahora puedes entender nuestra difícil situación? Tenemos que enviar peticiones exhaustivas al Ministerio de Educación para garantizar el desarrollo de este colegio. Hasta ahora nuestras solicitudes deben de haber sido bastante incomprensibles, supongo, ya que no hemos recibido ninguna respuesta..... Necesitamos que des un paso al frente y trabajes en beneficio del colegio Phulpukur'.

Las cabezas se movían arriba y abajo en torno a la mesa en señal de acuerdo con el ardiente llamamiento de Mukul. Sin embargo, Dita no estaba muy convencida. ¿Por qué no te aseguraste de que tus empleados hablaran inglés con fluidez cuando sabías que tendrían que encargarse de toda la correspondencia en nombre del colegio? Si su contable no domina el inglés, puede arreglárselas, pero es imprescindible que los empleados tengan un buen conocimiento del idioma".

A la pregunta de Dita siguió un largo silencio. Nadie parecía tener prisa por responder. Palash estaba a punto de hablar cuando, de repente, algo llamó su atención; su rostro se congeló en una sombría máscara de desaprobación.

Dita miró a su alrededor y vio que el amable joven había reaparecido por fin con una bandeja de té, seguido de Gopal, que llevaba un surtido de aperitivos. Esto explicaba el retraso, pensó Dita, debía de haber ido a buscar los refrescos. Cuando el aroma del té recién hecho recorrió la habitación, se dio cuenta de que tenía bastante hambre.

X

El viaje de Calcuta a Phulpukur había sido largo. Dita había salido antes del amanecer, armada con un mapa de carreteras proporcionado por su madre, Tamali, que tenía muy poca fe en que el GPS de Dita fuera capaz de encontrar el camino en la Bengala rural. Había querido acompañar a Dita en su primer día de trabajo, pero Dita se las arregló para no hacerlo: además de todo lo demás, no quería a su madre a cuestas. Había sido un largo camino hasta llegar a este punto, pensó mientras guardaba su bolso y se acomodaba en el asiento del conductor de su Maruti. Se había esforzado mucho para presentarse a la Prueba Nacional de Admisibilidad, aprobarla y superar las alucinantes rondas de entrevistas con la Comisión de Servicios Universitarios.

Saliendo de Salt Lake, circunnavegó la mitad de Calcuta por la carretera de circunvalación metropolitana del este, después de lo cual todo fue paisaje marciano para ella, a medida que pasaban zumbando extraños lugares que nunca había visitado ni oído nombrar. Ni un solo conductor parecía respetar las normas de tráfico conocidas por los hombres civilizados; conducían con temerario abandono sin preocuparse por la seguridad de los demás conductores o peatones, como si los persiguieran sabuesos del infierno. Mientras se dirigía a Phulpukur, la luz de advertencia del salpicadero parpadeaba en un rojo frenético: le quedaba poca gasolina.

X

Volviendo a centrar su atención en la situación actual, observó cómo Palash se ponía furioso al ver cómo el chico del té y Gopal colocaban las bandejas en la mesa. Ignorando por completo el hecho de que Palash parecía a punto de estrangularle, el chico del té sirvió tazas de la bebida favorita de los bongs, una fuerte infusión de té Darjeeling con un chorrito de leche y un toque de azúcar, que muchos bongs disfrutan a cualquier hora del día.

En medio de toda la melancolía del día, esta pausa para el té parecía ser el único punto positivo para Dita. Sus ojos se encontraron con los grises y cálidos del chico del té, y su agradecimiento se hizo evidente en su sonrisa mientras hundía la cara en la aromática taza. Sonriendo complacido por su silenciosa gratitud, Raja se detuvo un momento y señaló el retablo congelado alrededor de la mesa. No podrán responder a tu pregunta -dijo riendo entre dientes-. Es un fiasco de su propia cosecha.... Han nombrado a sus familiares para ocupar todos los puestos de la oficina del colegio. El nepotismo exime del requisito de saber inglés".

Su risa burlona resonó por los pasillos mientras dejaba que el miserable grupo se enfrentara al caos que ellos mismos habían provocado. Mientras los demás parecían avergonzados, Palash parecía furioso. Si las miradas mataran, el chico Tea estaría camino de las puertas del infierno. Aunque no parecía molesto por haber provocado la ira de Palash, el corazón de Papu estaba con el joven: La enemistad de Palash sería una terrible cruz que cargar.

Dita no sabía hacia dónde mirar, aunque a estas alturas ya debería haber sido inmune a los sobresaltos del día. Se preguntaba qué truco se sacaría de la manga la banda del kurta-dhoti en esta farsa interminable.

No es nepotismo", se quejó Palash. Tienes que entender que necesitamos dar un empleo adecuado a los chicos de nuestro pueblo. Y si estaban suficientemente cualificados para los puestos, ¿debíamos privarles sólo porque son parientes nuestros?

Devdutt comparte la misma opinión. Conseguir un empleo público no es nada fácil hoy en día. Lo único que hacíamos era ayudar a los jóvenes de nuestro pueblo con estos puestos".

¿Y a quién exactamente elegisteis como beneficiario de vuestra benevolencia? Dita no pudo contener más el sarcasmo.

El director, Alok Pundit, es nuestro primo", dijeron Papu y Pinku al unísono. Esta universidad es el proyecto soñado de nuestro abuelo, y Alok representa a nuestra familia en esta misión. Él es un graduado, por lo que no se puede impugnar el hecho de que se merece el puesto ".

Praloy Nath es el segundo empleado, es el hijo de Mukul dada', continuó Pinku. Nuestro contable Ashok Mondol es amigo de Salim, el bibliotecario Dipten

Ghosh es cuñado de Devdutt dada y el oficinista Biltu es hermano de mi mujer".

Lo tienen todo muy bien organizado, pensó Dita, casi como si llevaran un negocio familiar. Sin poder contener más su curiosidad, preguntó a Pinku: "¿Y a qué te dedicas exactamente? ¿Además de ser miembro del órgano de gobierno?

Pinku, satisfecho por haber captado toda su atención, le proporcionó con entusiasmo su perfil profesional. Papu y yo trabajamos para Shyamol Sathi. Nos encontrarás en la oficina del partido durante toda la semana".

Sí, sí, todos sabemos lo eficientes que sois", dijo Palash, muy irritado, y se levantó para marcharse, poniendo fin a la reunión.

Dita se dio cuenta de que Palash no parecía tener ningún descendiente o pariente lejano empleado en la universidad. ¿O había pasado por alto algún vínculo?

¿Es Biltu, el chico de la oficina, el que ha traído el té esta mañana?", se preguntó en voz alta, cautivada por la presencia intrigante e irreverente del chico del té.

Palash se puso rígido, con una neblina roja de furia impotente nublándole la vista. La candorosa pregunta de Dita le hizo atragantarse con la respuesta; decidió guardar silencio.

No, no es Biltu", respondió Devdutt con inquietud. Es un antiguo alumno mío y a veces viene a verme. Jugamos al ajedrez cuando tengo tiempo libre, es una interesante distracción del trabajo administrativo habitual". Tenía una mirada cariñosa, pero no mencionó el nombre del chico del té.

Cuando la banda de los dhoti empezó a salir de la habitación, Palash miró hacia atrás y se detuvo un momento. Usted es ahora una parte esencial de Phulpukur, señorita Roy, llevar un sari podría ayudarla a asimilarse mejor a las costumbres de este mundo".

El golpe de gracia de Palash dejó a Dita tambaleándose; ¿para qué había firmado realmente? Cogió las llaves y se dirigió rápidamente a su coche.

En algún lugar lejano de su mente consciente vio a Tea atrapada en una acalorada discusión con Palash Bose.

Entró en su coche y se marchó. No podía escapar de este lugar de locos lo suficientemente rápido.

La historia de Over

Al salir por la puerta de la escuela, Papu y Pinku se dirigieron al corazón del pueblo, el haat local, donde los granjeros y sus esposas se reunían para vender verduras, frutas y pescado algunos días de la semana. La carne era un manjar, y sólo dos puestos en la parte trasera del haat vendían pollo y cordero, pero no los jueves debido a las normas locales.

Sin embargo, el olor de las verduras en descomposición o las malolientes bocanadas de aire que hacían circular el hedor del pescado dejado demasiado tiempo al sol no disuadían a la gente de dedicar su vida a la política. Así, el haat de Phulpukur estaba flanqueado a un lado por un edificio flamante y bastante ostentoso: la oficina del partido de Shyamol Sathi. Esta llamativa estructura pintada de verde esmeralda y una gama de blancos era el hábitat diurno de los gemelos Pundit.

Los gemelos eran almas gregarias, cómodas en su propia piel, pero con un extraño parecido a su sanguinario antepasado en la sardónica curvatura de sus arqueadas cejas negras o en la forma en que, inconscientemente, miraban por debajo de su nariz de halcón. De miembros sueltos y altos, se movían con idéntica gracia de leopardo; la suya era una existencia terrenal e instintiva, no filtrada por excesivas aspiraciones intelectuales, y sus ojos almendrados reflejaban una asombrosa claridad y una extraña mezcla de cansancio del mundo.

No has mencionado el nombre de Sahana ni una sola vez", dijo Papu en voz baja, mirando a Pinku con curiosidad.

¿Qué hay que mencionar? La voz de Pinku mostró su falta de interés.

Papu, que obviamente estaba de mejor humor que Pinku, soltó una risita: "Te has dejado intimidar por la mención del nepotismo. Has mencionado a Biltu, pero no has revelado que tu mujer es una de las profesoras a tiempo parcial de la universidad".

Papu parecía disfrutar con la incomodidad de Pinku; sabía que la elección de la profesión de Sahana era la manzana de la discordia en la relación matrimonial de su gemela. Sahana, hija única del jefe de correos del pueblo, había luchado hasta la extenuación para conseguir su educación. Su padre la apoyó todo lo que pudo hasta que se graduó en una universidad de Calcuta, tras lo cual se negó a ceder en su deseo de verla casada con un buen tipo. Este buen tipo resultó ser Pinku, que había estado dando vueltas en círculos, siguiendo a Sahana como un cachorro enamorado, mientras ella, felizmente inconsciente de su existencia, viajaba de un lado a otro de Calcuta.

Con el tiempo, el padre de Pinku descubrió que su hijo pasaba buena parte del día deprimido en la parada de autobús del pueblo, esperando a que Sahana subiera o bajara del autobús de Calcuta. Y como, por lo que parecía, su hijo no avanzaba mucho, Aditya Pundit decidió tomar cartas en el asunto y se dirigió al padre de Sahana.

El padre de Sahana, Satish Ghosh, no podía esperar una pareja mejor. Los Pundit eran una de las familias más ricas del pueblo, y Pinku era un vástago de esa ilustre familia; así que, en el esquema de cosas de Satish, esta sería una pareja hecha en el cielo. Además, Aditya Pundit declaró magnánimamente que sólo le preocupaba la felicidad de su hijo y que no quería ni un céntimo como dote.

El destino de Sahana estaba sellado. En vano intentó convencer a su padre de que quería seguir estudiando. Cuando todas sus protestas cayeron en saco roto, probó otra línea de argumentación: 'Todo lo que hace este tipo es pasar el tiempo en la oficina del partido Shyamol Sathi, ni siquiera ha ido nunca a la universidad... en realidad no hace nada'. Satish siguió obstinado: 'No necesita hacer mucho..... Por el tipo de familia que tiene, nadie se sorprendería si se convirtiera en una figura política importante".

Pinaki Pundit, alias Pinku, se casó con la chica de sus sueños con mucha pompa y gloria, y Sahana se vio obligada a vivir su vida de acuerdo con las expectativas de sus padres. Afortunadamente, el matrimonio no resultó ser tan miserable como ella esperaba. Rápidamente se sintió atraída por la fácil camaradería que fluía entre las gemelas; coronadas por rebeldes mechones de pelo alborotado, eran irremediablemente idénticas; incluso sus procesos de pensamiento seguían líneas similares. Su visión del mundo era bastante simple: seguir lo que te sale fácil y conformarte con lo que tienes. Bien por ellos, pensó Sahana. Nunca han tenido que esforzarse para conseguir nada, todo les resulta fácil, y luego añadió con sorna, ¡excepto los títulos universitarios!

Sahana nunca supo cómo ser una esposa perfecta; le interesaban muy poco los papeles tradicionales de cocinera, limpiadora y amante, todo en uno. Pinku no parecía tener grandes expectativas al respecto, estaba admirado de su erudita esposa y perdidamente enamorado de ella. Consideraba un privilegio encontrarla en casa tras regresar de interminables horas de deliberaciones políticas en el club Shyamol Sathi. Siguiendo el ejemplo de su hermano, Papu hizo todo lo posible por gustar a esta arrogante chica y encontró consuelo en la felicidad de su hermano. Sin embargo, pronto iba a entrar una serpiente en este dichoso Jardín del Edén... y llegó en forma de vacantes de trabajo en el Phulpukur College.

Una buena mañana, Pinku encontró a su esposa hojeando The Statesman, el periódico inglés de Calcuta que tenía una página entera dedicada a las ofertas de empleo en Bengala Occidental; estaba ocupada subrayando segmentos de esa página con un lápiz. Cuando se acercó a ella, curioso por saber qué estaba haciendo, su rostro se iluminó de emoción y rápidamente se vio envuelto en un abrazo impulsivo. Al parecer, había aparecido un anuncio de vacantes para puestos docentes en el Phulpukur College: la universidad necesitaba muchos profesores a tiempo parcial. Esta era una de las mejores oportunidades para ella, le explicó Sahana, que presentaría su solicitud.

Disfrutando de la comodidad de aquel dichoso abrazo, Pinku no quiso desilusionarla. No le dijo que sabía lo de los puestos que iban a salir en la facultad; al fin y al cabo, era miembro del órgano de gobierno, cómplice de todas las decisiones organizativas. Pero se había guardado este detalle; no quería suscitar falsas esperanzas en la mente de su mujer. Pinku sabía que su padre nunca aceptaría la idea de que un miembro femenino de la familia Pundit buscara empleo; lo consideraría una deshonra para su familia.

El rostro de Aditya Pundit adoptó la oscuridad de una inminente tormenta cuando le comunicaron las intenciones de Sahana. Siguieron rondas y rondas de reuniones familiares de emergencia, en las que el resto de la familia trató de hacer comprender a Sahana el papel tradicional de la mujer en el hogar de los Pundit. Por desgracia, cuanto más la presionaban, menos complaciente se volvía y, con el espíritu de una verdadera rebelde azul, envió su currículum a la oficina de la universidad. Los patriarcas Pundit se dieron cuenta de que habían mordido más de lo que podían masticar. La intransigencia de Sahana le granjeó un admirador secreto: Papu estaba asombrado por la forma en que la intrépida muchacha se defendía para hacer valer sus derechos; también se ganó la admiración a regañadientes de su suegra Radha.

Déjala ir, que se dedique a algo que pueda hacer", persuadió Radha a Aditya, "teniendo en cuenta que no sabe cocinar ni limpiar y que no le interesan en absoluto los asuntos domésticos, podría ir a dar clases a este colegio....". De todos modos, parece ser el único miembro de la familia que quiere participar en el aspecto educativo de la universidad -se burló-. El resto de vosotros sólo estáis interesados en la política o en los negocios que os pueda reportar".

Aditya se quedó sin habla mientras Radha terminaba su petición con una nota sentimental: "Os digo que ella va a ser la verdadera representante de esta familia en el colegio Phulpukur, todos podremos vivir el sueño con ella..... Y Durjoy Pundit será un alma feliz en el cielo". Aquí hizo una pausa, para causar impacto, y levantó los ojos hacia el cielo, como para pedir bendiciones al alma difunta.

Finalmente, Sahana fue convocada a una entrevista, consiguió el puesto de profesora de Ciencias Políticas a tiempo parcial y el resto, como suele decirse, es historia. Junto con Sahana, otros siete candidatos fueron nombrados para impartir diversas asignaturas, pero ella era la única mujer del equipo. Hasta que apareció Dita, claro.

Papu empatizó completamente con la confusión de su hermano. Pinku no sabía si sentirse orgulloso de su mujer o acobardarse ante la evidente desaprobación de su padre.

La mayoría de las veces no decía nada, pero en el fondo de su corazón comprendía que su mujer había sido capaz de ganarse el respeto incluso del egocéntrico Palash Bose, que casi siempre despreciaba abiertamente el intelecto de Pinku, o la falta de él.

Sahana, en su sabiduría, había intentado remediar esta situación, y matriculó a los gemelos en un curso por correspondencia de inglés avanzado. Y así fue como Papu y Pinku se enfrentaron a un sinfín de retos lingüísticos, sentados todas las tardes en la oficina del partido Shyamol Sathi y devanándose los sesos con dilemas gramaticales aparentemente irresolubles. A veces atrapaban a miembros desprevenidos del partido que entraban en la oficina para jugar una o dos partidas de carambola, pero rara vez recibían la ayuda adecuada, ya que la lengua inglesa y sus complejidades eran un rompecabezas para todos.

Sin embargo, hubo algunos días buenos. Pocos, pero mejores que la mayoría. Días en los que la gente que acudía a la oficina del partido sabía inglés. No es de extrañar, pues, que cuando llegó Anupam Bose, los gemelos apenas pudieran disimular su alegría. Era el caballo regalado que podía hacerles aprobar el angustioso examen que debían hacer hoy para pasar al siguiente nivel en el curso por correspondencia.

Anupam Bose era el hijo mayor de Palash Bose, conocido por todos en Phulpukur como Pom. Sus ojos grises, desconcertantemente claros, se iluminaron con curiosidad sobre una sonrisa pícara cuando vio a los gemelos frunciendo el ceño ante las pantallas de sus ordenadores. A diferencia de su padre, era vivaracho y simpático, siempre dispuesto a gastar una broma o a lanzar una réplica divertida.

Pom", exclamó Pinku, "eres un puto regalo del cielo, hermano", mientras Papu le arrastraba a sentarse junto a los ordenadores donde estaban a punto de registrarse para el examen.

Pinku enarcó las cejas. Hermano", se rió, "Papu está siendo educado en last.... con una dieta malsana de películas inglesas".

¿Acaso Dios permite hacer trampas hoy en día? preguntó Pom con buen humor, muy consciente de la difícil situación de los gemelos. Sahana debería haberos matriculado en el curso elemental. No todas las películas de este mundo serán capaces de meterles el inglés en la cabeza", continuó, sólo para ser bruscamente empujado por un par de codazos mientras dos caras le miraban expectantes, con absoluta fe en que les haría aprobar el examen.

Pom suspiró dramáticamente; no le quedaba más remedio que resolver sus problemas. Una vez terminada la prueba y autorizados a pasar al siguiente nivel de dificultad, los gemelos decidieron que era hora de prestarle atención a Pom.

¿Cómo es que estás aquí hoy, Pom, a mitad de semana?", preguntó Papu. Todo el mundo en Phulpukur sabía que Pom trabajaba para una empresa de software en Calcuta y volvía a su pueblo una o dos veces al mes durante los fines de semana. Su presencia en Phulpukur entre semana merecía una pregunta.

Papá Bose me está volviendo loco", gimió Pom. Quiere que me case.... Por lo visto, ha encontrado a una chica de su elección, con el pedigrí familiar adecuado, y quiere que vaya a verla. Mañana".

¿Por qué esta repentina desesperación por casarte ahora mismo? Seguramente puede esperar hasta que encuentres a alguien que realmente te guste'.

Palash Bose nunca deja de sorprendernos", se rió Papu, "¿por qué le preocupa tanto el pedigrí? Teniendo en cuenta que ni siquiera se casó con una familia bengalí, no debería hablar de pedigrí.... Además, suena como si estuviera tratando de casarte con un perro o algo así".

Deja de meter a la familia de mi madre en el lío de mi padre", dijo Pom enfadada. Mi padre siempre ha sido un problema para mamá, con sus interminables expectativas, pero ella nunca se queja".

Papu y Pinku sabían que la familia de Palash Bose había caído en una aguda crisis financiera. El padre de Palash, Bikram Bose, se había trasladado a Phulpukur cuando Palash era muy pequeño. Bikram llegó a ser muy conocido entre los aldeanos como uno de los mejores profesores de matemáticas de la escuela Saint James. Encajando en la imagen arquetípica del matemático excéntrico, la vida de Bikram estaba dedicada al amor por los números; apenas tenía tiempo ni ganas de preocuparse por la situación económica de su familia. Cuando sus dos hijas estaban en edad de casarse, Bikram apenas tenía dinero ahorrado para organizar bodas respetables. Para salir de una situación que empeoraba poco a poco, Bikram consiguió casar a su hijo con una chica de una acomodada familia de negocios marwari de Calcuta, a cambio de una cuantiosa dote y la promesa de una participación segura en su negocio. Los marwaris de Rajastán dominan gran parte de los negocios de Calcuta, y los Pugalia aceptaron casar a una hija de su familia por una razón.

Hemlata arrastraba el pie izquierdo al caminar, ya que su pierna izquierda era un par de centímetros más corta que la derecha. Esta minusvalía se convirtió en un gran problema que reducía su valor en el mercado matrimonial. Por eso, cuando el padre de Palash propuso el matrimonio, las Pugalias suspiraron aliviadas. Era un matrimonio de conveniencia. Un hecho que Palash no dejaba de recordar a sus dos hijos cada vez que pensaba que no tenían suficientemente en cuenta el sacrificio que había hecho por su familia.

Revolcándose en la autocompasión por tener una esposa coja, Palash rara vez reconocía el hecho de que, si se miraba más allá de la evidente desventaja física, uno se daba cuenta de que Hemlata poseía un sagaz sentido de los negocios que ayudaba a muchas de las especulaciones e inversiones de Palash. Además, era una mujer sorprendentemente bella, con una figura atractiva y una cara bonita, rodeada por un mechón de pelo oscuro y rizado, que a menudo ataba con cuerdas de jazmín o rosas silvestres. Pero su rasgo más llamativo eran sus lánguidos ojos grises, que, cuando se iluminaban con una sonrisa, podían penetrar hasta el alma. Llegó como un soplo de aire fresco a la menguante fortuna de la familia Bose. Sin duda, Hemlata se habría ganado un partido mucho mejor que Palash, si tan sólo hubiera podido valerse por sí misma, como ella misma admitió irónicamente.

El único buen resultado de este matrimonio obviamente desigual fueron sus hijos, que fueron bendecidos genéticamente con su buena apariencia, un agudo sentido del humor y un intelecto razonable. Por desgracia, cuanto más se parecían los chicos a Hemlata, más tendían a caerle mal a Palash.

Ahora le tocaba a Pom estar en la línea de fuego. Palash había hecho oídos sordos a sus protestas, y Pom había sido convocado sin ceremonias desde Calcuta para reunirse con la chica elegida por su padre y, muy posiblemente, finalizar su matrimonio.

Atrapado entre el diablo y el profundo mar azul", suspiró Pom con pesar.

¿Quién es esa chica?", se preguntan los gemelos. Vayan a verla, y si no les gusta, díganlo'.

Pero Pom estaba inquieta. No me gusta la idea de entrar arbitrariamente en casa de alguien para ver a una desconocida cualquiera.... Me pone los pelos de punta. Y no, no tengo ni idea de quién es la chica'.

Papu sintió pena por Pom. Puedo ir contigo, si quieres", le ofreció vacilante.

Intenta mantenerte alejado de Palash kaka hoy, Pom", aconsejó Pinku. Él no estaba contento con la forma en que las cosas estaban tomando forma en la reunión con Dita Roy hoy en Phulpukur College. Tiene la mecha corta".

Sintiéndose bastante aliviado de que Papu estaría allí para ayudarle mañana, Pom se levantó para irse. Mi padre casi nunca está de buen humor", suspiró. ¿Y quién es esta Dita Roy que está echando leña al fuego?

Ha sido nombrada profesora de inglés a tiempo completo en el Phulpukur College..... Pobre chica, parece que no sabe qué hacer cuando se entera de que la universidad ni siquiera tiene un departamento de inglés". Papu no pudo contener una sonrisa ante la ironía de la situación.

Pom se quedó en la puerta, perpleja. ¿Por qué habéis aprobado un puesto de inglés? El consejo de administración sabe que no hay departamento de inglés, ¿no? Inconscientemente, se estaba haciendo eco de la misma preocupación que Dita había planteado durante la reunión unas horas antes.

Papu y Pinku se abstuvieron de señalar la respuesta obvia: las decisiones del órgano de gobierno eran en su mayoría unilaterales, y ésta, como tantas otras, era obra de Palash Bose.

Pom era lo bastante inteligente como para interpretar el silencio. Encogiéndose de hombros con pesar al salir de la sala, añadió: "Creo que la he visto..... Mientras conducía por Saint James, vi a una mujer vestida de azul casi corriendo hacia su coche como si la persiguieran los sabuesos del infierno. Ahora sé por qué.

Y ella era fácil en el ojo.... Como un sauce en el viento.

El hogar y el mundo

'Si alguna vez escribes una autobiografía, el título de este capítulo de tu vida sería algo así como "Mis experimentos con la vida" o "Escaramuzas al borde de la locura"', Tamali apenas podía controlar la risa, su rostro de huesos finos y forma de corazón se enrojecía por el esfuerzo. Imagínese intentar enseñar inglés en una universidad donde nadie entiende el idioma y no hay un departamento dedicado al inglés".

A sus cincuenta y tantos años, pero con un aspecto sorprendentemente juvenil, Tamali era una persona tremendamente vivaz, con una aguda conciencia de todo en la vida; sus hijos solían bromear sobre el prominente bindi rojo que adornaba su frente de alabastro: era su tercer ojo, decían, eternamente despierto y observador. Tamali se reía con ellos, pero al criar a sus hijos casi sin ayuda de nadie, no podía permitirse el lujo de no enterarse de nada de lo que ocurría en sus vidas. Atesoraba la compañía de sus hijos y, aunque no eran una familia especialmente demostrativa, valoraban su relación cálida y solidaria.

El perverso sentido del humor de Tamali podía ser a veces la perdición de la existencia de Dita, pero en otras ocasiones acababa salvando un día que, de otro modo, sería sombrío e inquietante. Más concretamente, un día como éste.

Tienes parte de culpa, debes reconocerlo", reflexionó Tamali. ¿Realmente esperabas encontrar un departamento de inglés completo en una universidad situada en medio de la nada?

Tamali sirvió a su hija y a su hijo, Dita y Arko, mientras los tres se acomodaban para cenar. Masticando un trozo de pan de ajo caliente y mantecoso, Dita consiguió aislarse de la locura del día. Tendrías que haber visto la cara de Palash Bose, mamá. Debía de esperar a alguien mediocre y lo bastante dúctil para resolver sus problemas administrativos. Por lo visto, no hay muchas mujeres interesadas en ocupar puestos que las lleven fuera de Calcuta. Desde luego, no esperaba a alguien como yo".

Tamali sonrió; podía adivinar los estragos que su niña de espíritu libre había causado entre los desprevenidos aldeanos. No quiero decir que te lo dije, pero tenías que pensártelo dos o tres veces antes de aceptar el puesto, Dita. En lugar de eso, te lanzaste a esta aldea como Don Quijote contra molinos de viento".

Arko no pudo contener una carcajada; imaginarse a su hermana como un caballero enloquecido de brillante armadura era demasiado para él.

Pobre Palash Bose, no sabrá lo que le ha pasado cuando acabes con él". Los delicados labios de Tamali se curvaron en una sonrisa indulgente, los múltiples brazaletes de plata de sus brazos tintinearon mientras apoyaba las mejillas en las manos y observaba astutamente: "No te van a engatusar con míseras clases o trabajos administrativos, ¡hasta un ciego se daría cuenta!".

Dita se encogió de hombros con pesar, consciente de que no tenía muchas opciones. En los dos últimos años, apenas se habían producido vacantes para puestos fijos en las facultades de Calcuta, lo que la obligaba a buscar trabajo más lejos.

De hecho, Phulpukur parecía un mal menor -estaba a hora y media en coche de Calcuta- en comparación con los demás puestos disponibles para candidatos generales. La mayoría de las vacantes se encontraban en los deltas de Sundarbans o en lugares remotos del norte de Bengala. Los candidatos que ocuparan puestos en esos lugares tendrían que trasladarse allí y embarcarse en una nueva vida, casi en un nuevo planeta. Al menos desde Phulpukur, Dita podría volver a casa todas las tardes.

Volver a casa todos los días era una necesidad absoluta para Dita. El trabajo de su padre le mantenía la mayor parte del tiempo fuera de Calcuta, y Tamali tenía un horario de trabajo muy ajetreado; alguien tenía que asegurarse de que Arko no se quedara solo en casa, aún era demasiado joven para valerse por sí mismo.

El teléfono de Tamali vibró; todos los teléfonos de la casa de los Roy estaban siempre en modo silencio; los Roy tenían que ver la llamada entrante y descolgar el teléfono si querían cogerla. Y había una norma tácita de no aceptar llamadas a la hora de cenar. Era la única comida del día en la que toda la familia se sentaba junta. Sin embargo, hoy era una excepción a la regla, porque la persona que llamaba era el padre de Dita. Tamali respondió a la llamada.

'Arnab, ya es hora de que llames.... Dita está hiperventilando ... ese trabajo suyo la ha puesto en una situación extraña. Al parecer, tiene que hacerse cargo como directora en funciones y manejar los asuntos administrativos de la universidad. Para colmo, el colegio ni siquiera tiene departamento de inglés, así que no tiene nada que enseñar". Tamali sonrió al teléfono mientras Arnab respondía a su arrebato. Sí, sí, ¡ya sé que eres su gurú espiritual y todo eso! Trata de hacerla ver la luz", se rió y le pasó el teléfono a Dita.

La copa de la pena de Dita rebosaba ahora, y su padre la escuchó con paciencia. Finalmente, tras diez largos minutos de ofrecer su apoyo silencioso e incondicional, Arnab intervino: "Tienes que controlar la situación, cariño. Sé que siempre te ha entusiasmado la enseñanza, pero también deberías ser consciente de que los puestos iniciales en la Administración no siempre son muy cómodos..... Si crees que mi situación al principio de mi carrera era buena, ¡olvídalo!

Arnab era arqueólogo y había luchado con uñas y dientes para llegar a lo más alto de la Inspección Arqueológica de la India. Su trabajo le había llevado a los lugares más extraños del subcontinente y de todo el mundo, lugares en los que no podía esperar que su familia le acompañara. Tamali había criado casi sola a los niños. Como consecuencia, no pudo seguir su carrera en el teatro de grupo, a pesar de haber sido una actriz prometedora en su juventud. Recientemente, sin embargo, se había aventurado a interpretar pequeños papeles en una serie web que se estaba haciendo muy popular. A los pequeños placeres de la vida se sumaba el hecho de que Arko estaba encantado, su madre era una celebridad a sus ojos.

Mientras Arnab se dedicaba a calmar a una hija desilusionada y cabizbaja, Tamali sirvió una ronda de mousse de limón; le encantaba cocinar, y sus hijos se lanzaron a ello sin reparos. El pobre Arnab sólo pudo ver los deliciosos platos en pantalla y se despidió con un dramático suspiro.

Los tres se tomaron su tiempo para saborear el postre mientras Arko les entretenía con divertidos episodios de su colegio. Sólo tenía quince años, pero a veces era más sabio que su edad. Algo regordete, se estaba haciendo a la idea de que las chicas de su clase preferían a los chicos altos, morenos y guapos. Y yo no encajo en ninguna de esas categorías", susurra con fingido horror. Soy bajo y no sé si creceré unos centímetros para estar presentable. No soy nada moreno y prefiero no hacer comentarios sobre lo de guapo".

Hizo una pausa dramática. Y luego pensé: ¿A quién le importa? Primero déjame que me haga agradable a mí mismo. Ni siquiera estoy seguro de querer esforzarme en perseguir a esas chicas tontas". Parte de la tristeza que había invadido a Dita se disipó con una carcajada.

¿Algún momento agradable de tu día, Dita? preguntó Tamali amablemente, "¿o fue todo cuesta abajo?".

Una tormenta en una taza de té", bromeó Arko. Didi sabe cómo mantener el fuerte".

Tazas de té y un par de ojos grises profundos", sonrió Dita, con la cara iluminada por el recuerdo. Lo único bueno de hoy".

Ojos grises, ¿eh? Tamali se lo pensó seriamente. ¿Y en quién encontraste esos ojos grises en el más allá, si se puede saber?

Ignorando la pregunta de su madre, Dita contestó: "Aún no sé cómo se llama; esta mañana me ha traído una taza de té y también me ha repostado el coche. Ni siquiera le he pagado la gasolina", añadió Dita con remordimiento. Se acordó de preguntarle a Palash Bose cómo pagarle al chico del té, ya que no parecía ser empleado del colegio Phulpukur ni de la escuela Saint James.

X

Palash Bose se sentía a veces como un extraño en su propia casa, sobre todo los días en que sus dos hijos se le echaban encima en la mesa. En cuanto Hemlata gritaba: "Anupam, Anuraj, la cena está lista" y él oía a los chicos hablar animadamente mientras bajaban de sus habitaciones, sabía que se metía en un lío. Intentó resolver el problema lo mejor que pudo, levantando la barbilla y adoptando la actitud de un potentado medieval.

Hemlata era quizás la única persona en todo el pueblo que insistía en llamar a sus hijos por sus nombres de pila, nadie más se molestaba, y sus nombres habían sido convenientemente abreviados a Pom y Raja. Impertérritos ante las frías vibraciones que Palash se imaginaba desprendiendo, Pom y Raja arrastraron ruidosamente las sillas y se acomodaron a ambos lados de su recalcitrante padre. Palash frunció el ceño cuando tres pares de ojos grises e inquisitivos se fijaron en él. Era evidente que iba a ser objeto de un diluvio de preguntas innecesarias.

Tienes la costumbre de tomar el pelo a la gente desprevenida", dijo el par de ojos grises más joven, haciendo caso omiso del dal, el roti y el rajma calientes que había sobre la mesa. Sus hombros se pusieron rígidos por la desaprobación: la comida podía esperar, había muchos otros problemas de los que ocuparse primero.

Hemlata", rugió Palash, "tienes que controlar a Raja, se mete sin invitación en todo tipo de situaciones incómodas y acaba por ponerme las cosas muy difíciles".

Hemlata no parecía perturbada por la acusación de Palash. ¿Qué has hecho ahora, Anuraj?", preguntó en voz baja.

El desgraciado ya estaba allí cuando fuimos a ver a Dita Roy", se enfadó Palash. Estoy seguro de que hoy te has dejado algún que otro gato fuera y casi has saboteado la reunión, dándole información a esa mujer despistada que no necesitaba. Lo último que puedo esperar de mi familia es discreción".

Hemlata se puso pálida, encogida por la amargura implícita en las palabras de su marido. Palash nunca había sido capaz de controlar a Raja. A diferencia de Pom, que al menos intentaba fingir que obedecía a su padre, Raja era un saco de travesuras, arremetiendo contra Palash con regocijo herético donde y cuando creía que su padre estaba haciendo algo mal. Y como Palash acababa habitualmente haciendo todas las cosas mal, la batalla de voluntades e ingenios entre estos dos no cesaba. Hemlata ya sabía que esa mañana también habían tenido una fuerte discusión.

"Pero, ¿por qué estabas allí, Anuraj?" Hemlata insistió.

Tenía curiosidad", respondió Raja, con una mirada contemplativa que borraba la beligerancia del gris claro de sus ojos. Quería ver quién era esta persona que venía desde Calcuta para unirse a la universidad de Phulpukur. Suele ser al revés, ¿no? La gente de este pueblo está desesperada por irse a las ciudades".

Raja hizo una pausa, reviviendo aquel momento de consternación en que vio a una joven bastante cansada bajarse de su Maruti; él había contemplado con asombro cómo ella recomponía su diminuta figura con sorprendente resolución y empezaba a caminar hacia el campus de la escuela. Cordero al matadero, pensó, y no pudo resistirse a la idea de verla de cerca.

Palash irrumpió en su ensoñación. El chico es incorregible; fue a ver a Dita Roy con el pretexto de servirle el té".

Pom apenas podía contener su risa: sólo Raja podía hacer tales trucos. Me parece que yo también vi a la dama... muy

fácil a los ojos debo decir.

Raja le guiñó un ojo al otro lado de la mesa.

Palash sonrió satisfecho, "No hay necesidad de ser tan feliz, ella pensó que eras un portador de té al azar o algo así".

Pom se echó a reír, "Y estoy seguro de que no corregiste la situación, Baba, ¿verdad?

¿Por qué iba a hacerlo? objetó Palash, radiante por su pírrica victoria. Para empezar, no debería haber estado allí, propagando ideas de nepotismo".

Raja parecía avergonzado mientras Pom se reía: "Raja el teabearer.... ¿Qué brebaje serviste, Raja? A juzgar por su aspecto, esa señora sólo tomará Earl Grey o English Breakfast".

Raja palideció: "Ni siquiera Darjeeling First Flush, acabo de recoger una caja de hojas de té de la cantina de la escuela; pero creo que lo disfrutó como una grata distracción de la catástrofe que se desarrollaba a su alrededor".

Entonces será mejor que sigas siendo el anónimo chico del té", sugirió Pom juguetonamente. "Ya que no has sido capaz de dejar mucha huella en tu primera aparición.

La cena se está enfriando, chicos", reprendió Hemlata mientras instaba a sus hijos a llenar sus platos. Palash se sirvió con desgana; ni siquiera después de tantos años de matrimonio había sido capaz de entusiasmarse con lo que consideraba comida no bengalí. Roti y rajma no formaban parte del universo gastronómico bengalí; sin embargo, sus ojos se iluminaron cuando pusieron en la mesa una sopera de curry de pescado rohu y una bandeja de arroz caliente y humeante con chutney de mango verde. Comió con gusto.

Hablas muy bien -se burló Hemlata de Pom-. Creo que ni siquiera sabes el nombre de la chica con la que vas a quedar mañana".

"¿Qué hay en un nombre? citó Raja. 'Una rosa con cualquier otro nombre olería igual de dulce. Pero, ¿está realmente interesado en otra chica? Raja dijo astutamente. Él sólo me estaba diciendo que pensaba que Dita Roy era bastante bonita, le divertía bastante su comportamiento animado'.

Lo que tú llamas comportamiento animado era en realidad una retirada apresurada del grupo de locos que conoció en la universidad, liderados por tu padre", Hemlata no pudo resistirse a lanzar una indirecta.

Escuchando sus bromas, Palash estaba perdiendo rápidamente el apetito. No entiendo cómo puedes encontrarla guapa. Goteaba arrogancia por todas partes'. Pom y Raja entendieron exactamente lo que había pasado: A Palash Bose no le gustaban las mujeres discutidoras, y cuando alguien como Dita Roy desafiaba su autoridad, difícilmente podía aceptarlo.

Olvídate de Dita Roy, no es asunto tuyo", dijo Palash bruscamente. He concertado una cita con Girish mañana; quiero que Pom conozca a su hija, Mishti. Por lo que he oído, ella es bastante guapa también.

Raja se inclinó hacia Pom, "¡Mishti con un toque de dinero, Pom bhaiya! Por supuesto, tiene que ser atractiva. Su padre es dueño de varios centros turísticos en Diamond Harbour y dirige una floreciente empresa pesquera".

Gente sospechosa', murmuró Pom. Muy sospechosa", murmuró Hemlata.

Palash siguió comiendo, mientras se le erizaba la piel de indignación. Se preguntaba qué les pasaría si les retirara su apoyo financiero; Pom acababa de empezar su carrera y aún necesitaba ayuda de la familia. Está muy bien pregonar ideales, pero a la hora de la verdad, es a tu padre a quien vas a necesitar, pensó.

Haciendo oídos sordos a la cara sombría de Pom, Palash anunció su intención de salir temprano a la mañana siguiente para ver a Mishti. Palash intentó tener esperanzas en el resultado; tal vez ver a la chica hiciera cambiar de opinión a Pom. Tantas cosas pendían de un hilo, asuntos que nunca podría revelar a su familia; se recordó a sí mismo que debía ser prudente con Raja, el loco era un cañón suelto, decidido a sembrar el caos dondequiera que pensara que Palash se estaba aprovechando indebidamente.

Ahora mismo, el loco estaba convencido de que no quería dejar a su hermano a merced de su despiadado padre. Yo también quiero ver a esta chica, iré contigo mañana, Pom", le guiñó un ojo. "¿Si me lo permites?

Raja rara vez pedía permiso, afirmaba su opinión y esperaba a que los demás reaccionaran. Palash sabía que no tenía sentido discutir con él, Raja definitivamente no aceptaría un no por respuesta.

Intentando aliviar la tensión que se respiraba en el ambiente, Hemlata le revolvió el pelo a Raja. Vas por ahí viendo a demasiadas chicas", se burló. Ve con Pom mañana, pero guárdate tus opiniones. Más específicamente, no avergüences a tu padre". Como Palash la ignoraba habitualmente, ni siquiera le llamó la atención que su marido ni siquiera la hubiera invitado a unirse al grupo al día siguiente; pero cuando Raja le preguntó si ella también quería ir, evitó la difícil situación suplicando que no lo hiciera, con la excusa de que le dolerían las piernas después del largo viaje. Lo que no reconoció, ni siquiera ante sí misma, fue la mirada de alivio que apareció en los ojos de Palash; tendría el campo para él solo e incluso convencería a Pom de que aceptara un matrimonio de conveniencia.

'Se las arregla para hacerlo espectacularmente, él solito', respondió Raja con una mueca mal disimulada. Puede que yo haya exacerbado el asunto a veces, pero desde luego no soy el instigador.

La mitad del tiempo está ocupado ignorándome.... Ni siquiera consideró oportuno presentarme a Dita Roy esta mañana; supongo que su ego sufrió un colosal revés porque ella llegó a la conclusión de que yo era el chico del té".

La cara de Palash se puso roja de rabia. ¿Cómo diablos se puede controlar a este chico? se preguntó. Raja, a pesar de ser el miembro más joven de la familia, era el más ruidoso y una antítesis completa de su hermano: si Pom era la voz de la razón en esta familia, Raja era la voz de la disidencia. Y por mucho que Palash tratara de imponer su autoridad, Raja siempre estaba dispuesto a socavar y subvertir sus planes, haciéndole caer como un castillo de naipes. Y eso es exactamente lo que había hecho esa mañana.

Mientras Raja estaba ocupado enfrentando su ingenio contra su padre, Pom se levantó de la mesa. "Realmente debo dejarlo por hoy, estoy absolutamente agotado.

Dejó que los tres resolvieran sus irresolubles diferencias y se marchó.

Por alguna razón Palash y Raja parecen estar perpetuamente en la garganta del otro hoy en día, reflexionó Pom.

Tal vez fuera porque Raja se esforzaba por liberarse de la dominación de su padre, mientras que Palash era igual de obstinado en su deseo de refrenarlo. Esta relación padre-hijo estaba plagada de dificultades, hasta el punto de que Raja, siendo aún un niño, se había escapado de casa un par de veces, causando una preocupación interminable a la familia; finalmente, Hemlata había convencido a Palash de que dejara a Raja quedarse con sus tíos en Calcuta y lo admitió en la escuela para chicos La Martiniere.

La Marts era una escuela de lujo de la ciudad y Palash no estaba nada contento con la sangría que suponía para su bolsillo; las cosas empeoraron cuando Pom, que siempre estuvo muy unido a Raja, empezó a echar demasiado de menos a su hermano. Hemlata tuvo que intervenir de nuevo y enviar también a su hijo mayor a Calcuta.

Como Palash consiguió lavarse las manos con sus dos hijos, los hermanos de Hemlata se hicieron cargo y los dos niños crecieron en la casa de los Pugalia, mientras Palash y Hemlata se quedaron en Phulpukur.

Pom, que tenía todas las tendencias eruditas de su padre, era un estudiante excepcional, que superaba sus años escolares sin esfuerzo. Raja, sin embargo, era el proverbial niño problemático. Las lecciones impartidas en una clase llena de gente poco imaginativa no lograban encender ni siquiera una rudimentaria chispa de interés. Año tras año, se las arreglaba para aguantar, eclipsado por su brillante hermano, pero totalmente cómodo en su pellejo.

El único momento en que cobraba vida era cuando jugaba al ajedrez; entonces se encendía y la existencia tomaba un cariz desafiante. Fue Hemlata quien le introdujo en el juego, y Raja lo tomó como un pez en el agua. Su mente era muy aguda en cuestiones de ajedrez; pronto empezó a jugar a nivel estatal y sus éxitos se publicaron en Modern Chess Magazine y ChessBase India.

Años de mediocridad habían convertido a Raja en un recluso, un introvertido que huía de la curiosidad de la prensa y los medios de comunicación. Así, aunque su nombre empezó a aparecer en artículos, él mismo nunca estaba disponible para entrevistas y su vida personal era celosamente guardada y mantenida en secreto.

Durante sus años escolares, Raja se dedicó a estudiar ajedrez, por lo que sus estudios se fueron al traste. Por suerte para él, fue admitido en una prestigiosa universidad de Calcuta gracias a su dominio del ajedrez y llegó a jugar a nivel nacional, participando en el Campeonato Nacional de Ajedrez durante dos años consecutivos. Hemlata acompañó a Raja a las sedes de los campeonatos de Jammu y Patna, donde terminó muy cerca de los primeros puestos.

A nadie le importa la gente que acaba muy cerca de los primeros puestos..... O eres el mejor o nada", convenció Raja a su madre cuando tomó la decisión de abandonar la educación formal tras su graduación. Decidió que había llegado el momento de dedicarse por completo a este juego. Se apuntó a un par de academias de ajedrez en línea, le dijo a su padre que se tomaba un año de descanso y dedicó la mayor parte del tiempo a perfeccionar su juego. Su objetivo era el Abierto Aeroflot, un torneo abierto de ajedrez que se celebra anualmente en Moscú.

Como era de esperar, Palash no estaba nada contento con la decisión de Raja. Le parecía que Raja iba por un camino autodestructivo, dudaba de que el chico lograra algo importante a pesar de su pasión por el juego. Palash se dirigió a Hemlata en busca de ayuda: "Pídele que al menos acepte un trabajo extra. Si está de acuerdo, puedo ponerle de profesor a tiempo parcial en el colegio Phulpukur".

Raja, como era de esperar, se opuso a la idea. Nepotismo', declaró. El hecho de que Baba sea el presidente del consejo de administración no significa que pueda dirigir una empresa familiar en ..... Además, no tengo paciencia para enseñar'.

Lo que sus padres no sabían era que Raja, mientras se matriculaba en clases de ajedrez en línea, había tenido la idea de que podría valer la pena abrir una academia en línea propia, que ofreciera clases interactivas de ajedrez dedicadas a enseñar aperturas, estrategia, táctica y finales a niños menores de catorce años.

Raja pronto descubrió que los padres bengalíes creían firmemente que un buen conocimiento del ajedrez agudizaría el intelecto de sus hijos y desarrollaría su capacidad de concentración. Y como Raja era razonablemente conocido como ajedrecista de nivel nacional, había un flujo constante de suscriptores a sus clases. Y entonces, Raja tuvo un golpe de suerte: uno de sus alumnos compitió en el Campeonato Mundial de Ajedrez Sub-14 en Montevideo, Uruguay, y se aseguró el puesto de número tres del mundo. Después de esto, se abrieron las compuertas; los ambiciosos Bongs estaban decididos a matricular a sus hijos con Raja, todos querían convertirse en campeones.

Pom, que hasta ahora había sido un observador silencioso de las hazañas de su hermano, le dio un buen consejo a Raja. No exijas demasiado estas clases, te quitarán todas las horas que necesitas para tu propio entrenamiento, si realmente aspiras al Open Aeroflot".

Pom estructuró los días de Raja en franjas horarias bien equilibradas para las clases en línea y el autoentrenamiento, dejándole tiempo para relajarse, respirar un poco de aire fresco o pasear por el pueblo si su corazón así lo deseaba.

El corazón de Raja, ahora estaba claro para Pom, era capaz de todo tipo de travesuras, y apenas perdía la oportunidad de pelearse con su padre. Ahora lo ha convertido en un deporte, pensó con pesar; aunque él mismo no estaba de acuerdo con su padre, Pom nunca irritó a su padre intencionalmente. Pero a mí me ha servido de mucho, pensó, consciente de que mañana tendría que ir a ver a su futura esposa, por muy a regañadientes que fuera, para satisfacer la idiosincrasia de Palash.

Pom se recordó a sí mismo que debía recoger a Papu a la mañana siguiente antes de que salieran hacia Diamond Harbour. Puso el despertador en el móvil y se dispuso a dormir, soñando con verdes praderas que disfrutaban de los últimos rayos del sol veraniego mientras una hermosa joven se acercaba a un coche blanco inmaculado; se detuvo antes de sentarse en el asiento del conductor y levantó la vista, mirándolo directamente; su sedoso pelo castaño ondeaba al soplo de la brisa y el azul robin de su kurti se pegaba a su tierna figura...... Sus huesos parecieron derretirse con la belleza del momento... se sumergió profundamente en el sueño.

Punto, contrapunto

Dita trabajaba hoy en la asimilación. Había pedido prestado un sari a su madre y se había arreglado cuidadosamente para ir a la universidad, pero al cabo de una hora más o menos, estaba convencida de que la realidad de la institución estaba por debajo del proverbial cero.

Conoció a Alok y Praloy, dos jóvenes entusiastas que atendían la oficina del colegio, que consistía en una habitación muy pequeña con cuatro mesas y algunos estantes para guardar cosas. La tercera mesa era el lugar de trabajo del contable, Ashok, que estaba ocupado introduciendo datos en un libro de contabilidad de gran tamaño.

¿Y quién ocupa la cuarta mesa? preguntó Dita. Vio unos cuantos libros sobre la mesa y sintió curiosidad.

Es mío", respondió Dipten, con un rostro que reflejaba su perpetua disposición dispéptica. Soy el bibliotecario de la universidad". Parecía inexplicablemente irritado mientras recogía los libros y los colocaba al azar sobre la mesa.

En la mente de Dita se agitó una furtiva sospecha. ¿Dónde está la biblioteca? ¿Me la enseñas?", preguntó.

La cara de Dipten cayó como un globo desinflado. Esto es la biblioteca", murmuró. Esta mesa y doce libros".

Dita sintió que el suelo se movía bajo sus pies, pero permaneció de pie, simplemente porque no había ninguna silla extra sobre la que desplomarse.

Papu eligió este desafortunado momento para asomarse al despacho. Había estado esperando fuera del campus a que Pom le recogiera de camino a Diamond Harbour, pero Pom se retrasaba, así que Papu decidió tomar una taza de té con el personal de la oficina y se encontró de inmediato en medio del fiasco que se estaba desarrollando en la sala.

Ashok levantó la vista del libro de contabilidad: "No hay presupuesto para comprar libros para la biblioteca, señora; habíamos solicitado una subvención para libros, pero esa solicitud, como usted sabe, fue rechazada". Se quitó las gafas, enmarcadas con plástico negro barato, y se masajeó los ojos enrojecidos por el cansancio, tratando de infundir una nota de optimismo en su voz. Ahora que estás aquí, estoy seguro de que podrás presentar solicitudes lo bastante convincentes como para que la Comisión de Subvenciones Universitarias nos proporcione los recursos adecuados".

En resumen, tendría que empezar de cero para que esta universidad pareciera una universidad de verdad y no una parodia de una. Dita palideció al darse cuenta de la inmensidad de los retos que tenía por delante.

Salgamos, quizá nos ayude un poco de aire fresco". sugirió Papu, adivinando por la expresión de la cara de Dita que se sentía como alguien que se hunde poco a poco en arenas movedizas.

Una vez fuera, Dita caminó a paso ligero hacia la puerta del campus, como si quisiera crear la mayor distancia posible entre ella y la oficina de la universidad. ¿Será una dosis diaria de horrores como éste?", preguntó a Papu, sin esperar realmente una respuesta directa. Papu permaneció en silencio, esperando a que amainara la tormenta de emociones. ¿Soy la única que se enfrenta a esta enorme oleada de desafíos o es sintomático de todas las nuevas universidades que surgen en Bengala Occidental?

Por desgracia, sí", confirma Papu. El Gobierno está llevando a cabo una campaña de alfabetización muy seria y está ansioso por abrir universidades en las zonas rurales de Bengala. Hace unos años autorizó a muchos pueblos a crear sus propias escuelas, siempre que dispusieran de dinero y tierras suficientes para empezar. El gobierno aporta el resto de los fondos y la infraestructura, pero como ves, es un proceso largo y frustrante".

Mientras Dita reflexionaba sobre la situación, la atención de Papu parecía haberse desviado hacia otra cosa. Al girarse, vio a un joven que saludaba a Papu. Papu le devolvió el saludo con una sonrisa en la cara y declaró: "Por fin ha llegado Pom".

Pom caminó rápidamente hacia ellos y se detuvo en seco al ver la expresión cabizbaja de Dita. Hoy llevaba un sari de lino azul; el azul debe de ser su color favorito, pensó. Como no pertenecía a la liga de los namoshkar, extendió la mano para presentarse: "Hola, soy Anupam Bose... ¡y tú debes de ser Dita!". Su rostro esbozó una cálida sonrisa, una sonrisa que iluminaba sus ojos y denotaba un evidente aprecio.

Otro par de ojos claros, grandes y grises, muy parecidos a los que la habían cautivado ayer, pensó mientras estrechaba la mano de Pom. Pero en comparación con el chico del té, este hombre era suave y seguro de sí mismo, y vio la admiración reflejada en sus ojos.

De cerca es aún más guapa, pensó Pom al contemplar sus rasgos delicados, ojos saltones y vulnerables. En este momento, sin embargo, la preocupación se reflejaba en su rostro. ¿Qué pasa? Pom dirigió su pregunta a Papu, que se limitó a mirarlo en incómodo silencio.

Casi todo", responde Dita en un tono monótono. Tengo angustia existencial". Más allá de esto, no quería revelar mucho a un extraño.

¿Vais a alguna parte? Dita había visto la cara impaciente de Palash asomándose por la ventanilla de un coche aparcado en la acera de enfrente.

Papu echó un vistazo apresurado a su reloj: "Sí, vamos con retraso, tenemos que estar en Diamond Harbour dentro de media hora". Lanzó a Dita una mirada de disculpa por tener que dejarla hecha un lío y se apresuró a retirarse hacia el coche. Palash Bose no era alguien a quien se hiciera esperar.

Supongo que nos veremos", sonrió Pom, antes de salir corriendo hacia el coche.

Dita se quedó perpleja: le pareció ver al chico del té en el asiento del conductor del coche. Se sacudió mentalmente: "Imagino ojos grises por todas partes".

X

Cuando volvió al coche, Papu y Raja se burlaron de Pom sin piedad. Raja le dijo a Papu: "Deberías haber visto la velocidad con la que Pom saltó del coche cuando te vio hablando con Dita Roy".

"Entonces, ¿cómo estuvo hermano? Raja le guiñó un ojo a Pom. "¿De cerca y personal?

"Cállense los dos", murmuró Pom. Él podría sentir literalmente las ondas frías de la desaprobación que emanaban de Palash que se sentaba en el asiento trasero. Sigamos nuestro camino", dijo; lo que en realidad quería decir era "Pasemos esta prueba lo más rápido posible".

Raja encendió el contacto del coche, un antiguo Ambassador que, según él, sólo debería conducirse en concentraciones de coches antiguos, pero, como tantas otras cosas en su vida, Palash se negó a comprar un vehículo que consumiera menos.

Su argumento era el siguiente: A este paso querrás cambiar todo lo que envejece mal. Cuando envejezcan, ¿también dejarás tirados a tus padres?" No tenía ninguna lógica discutir este punto, y sus hijos se habían dado por vencidos hacía tiempo.

Cuando el coche entró en el amplio bungalow junto al río Hooghly, ya llevaban una hora de retraso. Mirando la propiedad, Pom se sintió claramente inquieto: ¿estaba su padre intentando venderle para asegurarse aquella evidente riqueza? Girish Sarkar sólo tenía una hija; por lo tanto, ella debía ser la única heredera de su propiedad, que, por lo que parecía, era bastante cuantiosa.

Girish esperaba bajo el pórtico de la casa. Vestido con un inmaculado dhoti blanco y un kurta, con un chal negro de Cachemira bordado sobre sus anchos hombros, sus agradables rasgos se iluminaron con una sonrisa querúbica cuando les dio la bienvenida y les hizo pasar. Raja sabía que detrás de esa sonrisa genial, Girish era un hombre astuto y extraordinariamente sagaz que dirigía él solo un floreciente negocio. Lo que Raja no podía empezar a comprender era por qué Girish sentiría la necesidad de establecer lazos entre su familia y la de Palash Bose, excepto por el hecho de que ambos eran personas poderosas en esta área en particular.

Los chicos se sentaron apiñados en un sofá de felpa, algo abrumados por la opulencia del salón al que habían sido invitados. Mientras Girish y Palash se enfrascaban en una conversación sobre las calificaciones académicas de Pom y sus perspectivas futuras, la mente de Raja entró en hiperactividad tratando de descifrar la dinámica de la situación.

Mientras tanto, Pom y Papu estaban ocupados tratando de seguir la conversación de Palash y Girish, que poco a poco se estaba convirtiendo en algo así como un negocio. Oyeron a Girish afirmar con bastante fuerza: "Escúchame, Palash. Me gusta tu hijo, y estoy seguro de que a mi hija también le gustará, pero tienes que tener en cuenta que Mishti podría no querer conformarse con una vida en Phulpukur. Ella tiene una mente propia, y no voy a ser capaz de convencerla de lo contrario ".

Palash respondió: "Girish, Pom, vive en Calcuta y tiene su propio apartamento allí. En caso de que se gusten lo suficiente como para casarse, Mishti puede vivir en Calcuta'.

Raja estaba aún más confuso; casi nunca había visto a su padre ceder tanto para dar espacio a la otra persona. Palash debía querer algo más que el dinero que este acuerdo matrimonial seguramente traería.

Dos asistentes entraron en la habitación con bandejas cargadas de parathas mogoles y un surtido de dulces locales. La conversación se calmó; con las prisas de la mañana para llegar a Diamond Harbour, los chicos se habían saltado el desayuno, y ahora se zampaban alegremente los parathas calientes.

Menos mal que mi padre no ha dicho que yo he hecho todo esto para ensalzar mis dotes culinarias", se coló en la habitación una voz alegre. Los tres chicos levantaron la vista para ver un par de ojos divertidos que los medían. Esto se parece mucho a un swayamvar sabha. Debo decir que no esperaba a tres jóvenes para elegir", dijo la chica al detenerse frente a ellos. Vestida con un informal salwar-kameez rosa salmón, era delgadísima y tenía el pelo negro como las oscuras noches de invierno, que le caía por los hombros en un alboroto de rizos. La cálida miel de su piel reflejaba la alegría de vivir de una personalidad alegre; en conjunto, no encarnaba exactamente la idea que nadie tenía de una futura novia ruborizada.

¿Por qué sólo escoger y elegir? Los ojos de Raja bailaban con picardía. También puedes mezclar y combinar".

La chica giró para mirar a Raja. Eso es perverso, deliciosamente perverso", dijo, y a su sorpresa inicial siguió una carcajada. Me gusta tu estilo, quienquiera que seas, y te elijo a ti", señaló a Raja dramáticamente. Irás bien con estos dos en la sección de mezclas y combinaciones".

"Padre," ella se concentró en Girish que parecía cada vez más contrito, "me he encontrado un harén parece; por favor firma el trato con el jefe de allí," ella indicó a Palash. Y tráeme a estos chicos'.

A Palash casi se le atragantó la comida, Raja y Pom se rieron a carcajadas y Papu parecía completamente perplejo.

Desesperado por infundir algo de cordura en una situación que se le estaba yendo rápidamente de las manos, Girish trató de detener a su hija descarriada. Mishti, no todos los chicos están para grabs....'

Mishti no dejó que su padre terminara: "¿Estás diciendo que no serán rentables?". Hizo una pausa, aparentemente contemplando la complejidad de la situación. Hmmmmm.... Si sólo puedo tener a uno, creo que me conformaré con él", volvió a señalar a Raja.

Palash se quedó mudo de consternación; esto no iba nada bien. Pero antes de que pudiera reaccionar, Papu saltó a la palestra. No te lo puedes quedar", dijo con un gemido lastimero, abrazando a Raja y negándose a soltarlo, "¡es mío!".

Palash se quedó boquiabierto, apenas podía comprender lo que estaba pasando.

Mientras Raja era asfixiado por el abrazo de Papu, Mishti hizo una llamada rápida: "¡Parece que es un trato de "compre uno y llévese otro gratis"! Me parece bien, me lo llevo", le puso cara de felicidad a su padre.

Girish apenas pudo contener su consternación: "Ni siquiera dos es rentable", utilizó la jerga de Mishti para devolverle el favor. "Uno es", señaló a Pom. Y sólo esa'.

Me encanta que me cosifiquen, pensó Pom con un rastro de amargura mientras se convertía en el blanco de toda la atención de Mishti.

Papá eligió bien", declaró Mishti, mirando a Pom. El proverbial chico alto y guapo con ojos claros".

Con un suspiro de alivio, Papu soltó a Raja.... Gracias a Dios, Pom era el elegido. Su alivio, sin embargo, duró poco: Palash parecía tan enojado como para estrangularlo con sus propias manos.

Vamos a la terraza", insistió Mishti. Los tres", dijo, captando sus miradas inseguras. Me parecéis más un paquete que otra cosa. Dejemos que los viejos arreglen sus cuentas... no nos necesitarán cerca mientras resuelven la parte comercial de este trato".

Las vistas desde la terraza eran impresionantes: el azul del río Hooghly se extendía hacia el cielo, un puñado de barcas de pesca se balanceaban sobre las suaves olas y la brisa dejaba sentir el delicado aroma de los jazmines lejanos.

Pom estaba tan cautivado por la belleza del entorno que se quedó aún más mudo que de costumbre, pero Raja no se dejaba impresionar tan fácilmente. Estaba impaciente por interrogar a Mishti sobre su comportamiento poco ejemplar.

Puedo sentir las preguntas zumbando a velocidad sónica dentro de tu cabeza", le dijo Mishti a Raja, su sonrisa iluminando su cara con un encanto gamberro.

Raja se decidió: definitivamente le gustaba esta chica estrafalaria. Eres bastante gracioso, ¿sabes? Todo ese histrionismo, lo hiciste muy bien también. Pero bromas aparte, dime, ¿estás realmente interesada en un matrimonio arreglado para ti?

Pom se dio la vuelta y centró su atención en aquella chica tan inusual, deseoso de escuchar su respuesta. Mishti lo miró con fijeza y se tomó su tiempo para responder a la pregunta de Raja: "Sí, lo estoy". No parecía estar de humor para extenderse en eso; su atención ahora se había vuelto hacia Papu, lo miró a él y luego a Raja, "¿Realmente son pareja?" preguntó, sus ojos brillando de emoción.

Papu respondió, mirando a Raja con nostalgia. Ambos hermanos lo ignoraron, sólo tenían ojos para la chica. Papu se alejó en busca de más comida.

Pom insistió: "¿Por qué quieres optar por un matrimonio concertado, Mishti? ¿Por qué no te casas con un chico de tu elección, alguien a quien conozcas de verdad, en lugar de arriesgarlo todo con un desconocido? No vivimos en la Edad Media, por si no te has dado cuenta". Su desaprobación era evidente.

Mishti empezó a pasearse de arriba abajo por la terraza, retorciéndose las manos con agitación: "Edades oscuras o no, créeme, estoy atrapada en una pesadilla gótica. Soy la dueña de todo lo que veo, pero sigo prisionera en el castillo de mi padre. ¿Crees que no quiero salirme con la mía? ¿Sentar cabeza con el hombre de mi elección? Si supieras", respiró hondo y reanudó su monólogo. Cada vez que estoy a punto de gustar a alguien, mi padre y sus matones lo examinan e inspeccionan sin piedad. Pocas personas han sido capaces de cumplir los requisitos impuestos por mi padre. Olvídate de los novios, ni siquiera tengo amigos de verdad. Mi padre los intimida a todos", se lamenta. La única forma de salir de esta jaula dorada es casarme con el chico que mi padre elija. Y hablando con franqueza, ahora mismo, al menos visualmente, aprecio bastante su gusto".

Pom sintió que su cara se calentaba mientras Mishti lo miraba con aprecio descarado. Raja disfrutó de la vergüenza de su hermano; esta chica no dudaba en decir lo que pensaba; pero había una duda persistente: "¿Tu padre tiene matones?".

Mishti miró hacia el río: "No tenéis ni idea, ¿verdad? ¿Por qué crees que tu padre está tan ansioso por forjar un vínculo con mi familia?

Palash Bose será una figura política importante en las próximas elecciones locales, se presentará como candidato por Shyamol Sathi. Todos sabemos que es inmensamente popular en esta región, así que lo más probable es que gane. Pero Palash Bose sabe que Raktokarobi no se irá de rositas y teme que la lucha se ponga fea, por eso quiere que los secuaces de mi padre construyan una red impenetrable de inteligencia y seguridad a su alrededor.

No te dejes engañar por la personalidad jovial de mi padre -continuó Mishti-. No ha fundado su imperio siendo agradable con la gente". Señaló hacia el río: "Casi todo el tráfico de estas aguas está controlado por mi padre, que es implacable a la hora de diezmar a sus competidores, y ahora no tiene ninguno".

'Palash Bose sabe que tener a Girish Sarkar como pariente cercano será un paso importante para hacer realidad sus aspiraciones electorales. Mi padre investigó a fondo los antecedentes de Anupam y encontró al chico de su agrado. Además, cuando Palash Bose se convierta en el MLA local, papá tendrá una influencia política significativa por poder, y probablemente convertirá en blanco parte de su dinero negro".

Mishti observó los rostros de los dos hermanos, que mostraban idénticos niveles de sorpresa y comprensión.

X

Cuando se enfrentaba a problemas complejos, Raja solía jugar una partida de ajedrez mental, tratando de resolver los problemas en un tablero de ajedrez imaginario. En ese momento, las piezas de ajedrez que correteaban sin rumbo en la mente de Raja se sincronizaron por fin en un movimiento fluido; se maravilló de los astutos movimientos de su padre. Estaba muy claro por qué su padre había estado tan desesperado por traer a Pom de Calcuta casi de un momento a otro, y por qué estaba haciendo todo lo posible para obligar a Girish Sarkar.

Con los brazos en alto, Mishti lanzó un reto a Pom. Quiero casarme lo antes posible", anunció como si fuera la dueña, etérea pero poderosa, del río que fluía tras ella. Y no tengo ningún problema en casarme contigo".

Un largo viaje hacia la noche

Al cabo de un mes, Dita, ya reconciliada con su destino, se iba adaptando poco a poco al ritmo de vida en el Phulpukur College. Ir y venir a Salt Lake suponía un reto, pero como la universidad no tenía campus, y mucho menos dependencias habitables para el personal, Dita no tenía muchas opciones. El pueblo en sí estaba plagado de una disparidad económica insalvable: la mayoría de la población eran granjeros indigentes y el resto, inexplicablemente acomodados como la familia Pundit; no había una media de oro entre estos extremos.

Sin embargo, Dita había conseguido hacer algunos amigos. Sahana Pundit era la compañera constante de Dita; a pesar de ser profesora a tiempo parcial, Sahana venía casi todos los días para apoyar a Dita en sus continuas luchas y en los problemas iniciales que el colegio experimentaba con regularidad.

Dita también conoció a todos los demás profesores a tiempo parcial, una mezcla de aspirantes a profesores que utilizaban sus puestos en esta universidad como un paréntesis antes de ocupar los puestos permanentes de su elección. Algunos eran aplicados, otros desganados, muchos de ellos demasiado desinteresados; pero teniendo en cuenta la miseria de sueldo que recibían de la universidad, Dita no podía culparles. Sólo estaba agradecida de que estuvieran allí para asistir a las clases. Curiosamente, el chico Tea parecía haberse desvanecido en el aire, nadie parecía conocer su paradero, incluso el personal de la oficina daba respuestas vagas cuando ella les preguntaba por él. Al cabo de un tiempo, desistió de preguntar. Sin embargo, un leve malestar en el fondo de su mente se negaba a desaparecer: aún le debía dinero del combustible.

Los estudiantes del colegio procedían de una curiosa muestra representativa de la sociedad; algunos eran habitantes de Phulpukur, hijos e hijas de agricultores locales y, por tanto, alfabetizados de primera generación. Varios jóvenes procedían de distritos vecinos debido a sus calificaciones inferiores a la media en los exámenes estatales. Algunos parecían más interesados en la política estudiantil que en sus estudios. A Dita le sorprendió verlos pavoneándose con banderas de partidos, coreando eslóganes y, en general, pasándoselo en grande fuera de sus aulas. Por eso le extrañaba que las pocas clases de inglés obligatorio que impartía estuvieran repletas de alumnos demasiado impacientes.

Más tarde se enteró de que la mayoría de los alumnos no entendían ni una sola palabra de lo que decía; venían a verla preguntándose por su acento aparentemente estrafalario, por su forma de hablar y de enganchar a la clase sin esfuerzo. Unos cuantos alumnos ilusos habían empezado a hacer circular una petición -que, al parecer, estaba siendo firmada por muchos estudiantes impacientes- en la que le pedían que impartiera la clase obligatoria de inglés en bengalí. Dita se negaba a seguir escandalizándose, ¡o eso creía!

El teléfono de Dita zumbó, Tamali estaba al teléfono. Sí, mamá", respondió distraída mientras miraba por la diminuta ventana de su despacho y veía a muchos de los estudiantes apiñados en grupos y hablando animadamente. Algo estaba pasando en la comunidad estudiantil.

Dita", la insistente voz de su madre llamó por fin su atención. Necesito un favor, cariño. Bob Banerjee, el director de la serie web en la que estoy trabajando, quiere rodar en exteriores y está buscando un campus universitario. Pensé en consultarte. ¿Qué opinas, sería tu campus universitario una opción viable? Bob no tiene prisa, está ocupado terminando las secuencias anteriores y podrá empezar a rodar en exteriores dentro de un par de meses".

Dita se mordió el labio inferior, intentando calcular el factor de riesgo: el nuevo edificio de la universidad estaba muy avanzado, la planta baja y el primer piso estaban listos; esperaba que los muros de separación y la carretera que conducía a la entrada principal también lo estuvieran pronto. El hecho de que el nuevo campus fuera el escenario de una serie web podría ser una buena publicidad para el colegio. Dijo un tímido "sí" a su madre e intentó colgar.

Tamali, sin embargo, tenía ganas de hablar. Dita, enciende la televisión si tienes una en tu despacho. Están hablando de Phulpukur en varios canales".

Dita era ahora toda oídos. Qué extraño. Phulpukur es un pueblecito tranquilo, ¿por qué sale en las noticias?

Alguien de Phulpukur ha ganado el Torneo Abierto de Ajedrez Aeroflot", dijo Tamali, con la emoción evidente en su voz, acompañada por el tintineo musical de sus brazaletes. Llegan noticias de Moscú: es un chico indio, Anuraj Bose, y dicen que es originario del pueblo de Phulpukur".

No he oído nada, mamá. Supongo que tendré que preguntar por ahí", dijo Dita, que perdió rápidamente el interés al oír a un par de chicos peleándose al otro lado de la ventana. Mamá, tengo que irme", colgó Dita y salió corriendo de su despacho.

Alok, Praloy y Sahana ya estaban en medio de la trifulca, intentando impedir que los chicos se pegaran. Una pequeña multitud se había reunido a su alrededor. Dita no sabía cómo manejar la situación. De repente, una voz estentórea se elevó por encima del ruidoso altercado: "¡Parad inmediatamente! No permitiré semejante gamberrada en mi campus. Basta ya, chicos".

La alborotada multitud se separó como el Mar Rojo ante Moisés cuando Devdutt, el director de Saint James, se dirigió al centro. Si tienen algún problema que resolver, elijan a sus representantes y diríjanse a la directora de forma civilizada. Nunca se ha llegado a una resolución sensata creando un caos innecesario'.

Resultó que el altercado se produjo entre los miembros estudiantiles de Shyamol Sathi y Raktokarobi. Ambas partes estaban haciendo campaña para conseguir firmas para la petición contra las clases obligatorias de inglés e intentaban obligar a todo el que encontraban a firmar el documento.

Dos chicos de aspecto beligerante siguieron a Dita hasta su despacho. Se sintió aliviada al ver que Devdutt también la había seguido, con suerte, para guiarla en esta problemática situación.

Una vez dentro del despacho, Devdutt miró furioso a uno de los chicos. ¿Qué es todo este alboroto, Rajeev? Creía que os había dejado claro que teníais que mantener vuestra política fuera de este campus. ¿No te he recordado una y otra vez que este es un campus escolar en el que tu colegio ha recibido un espacio temporal? Mis estudiantes son jóvenes, son sólo niños, ¡no quiero que se corrompan con vuestra mezquina política partidista! ¿Por qué es tan difícil de entender?

Rajeev se negó a dejarse amedrentar por la autoridad y replicó beligerante: "No entiendo por qué me grita sólo a mí, señor". Impaciente, se apartó el pelo grasiento con una mano y señaló al otro chico: "Él también tiene la culpa".

Suspirando exasperado, Devdutt intentó explicar a Dita la dinámica de la situación. Rajeev es el líder estudiantil de Shyamol Sathi". Señalando con un dedo de desaprobación al otro rufián, un chico alto y moreno vestido con una mugrienta camiseta roja y unos vaqueros raídos, añadió: "Ese es Utpal, el representante de Raktokarobi. Lo creas o no, se están peleando por ver quién consigue reunir el mayor número de firmas para obligarte a hablar en bengalí en las clases obligatorias de inglés".

La ridícula situación recordó a Dita la pelea entre los indios grandes y los indios pequeños en Los viajes de

Gulliver, las dos facciones que luchaban entre sí en la tierra de Liliput para resolver qué extremo de un huevo debía romperse primero. La solución, en este caso, no era demasiado difícil de encontrar. 'Según los estatutos de la Universidad de Calcuta, es obligatorio que un profesor imparta las clases de Inglés Obligatorio en inglés. Si tenéis algún problema para seguir las clases, os sugiero que utilicéis Google Translate', declaró Dita con seguridad.

Y eso fue todo.

Devdutt parecía satisfecho con el veredicto; Sahana y Alok, que también habían entrado en el despacho para ver cómo iban las cosas, parecían aliviados.

Los chicos se marcharon, pero no parecían ni remotamente convencidos del resultado. Estaban realmente perplejos: ¿acaso esta mujer no sabía que en una aldea donde garantizar dos comidas al día se convierte en un reto, tener acceso a Wi-Fi era una quimera, por no hablar de Google Translate?

Ignorando a los estudiantes descontentos, Devdutt se marchó con una palabra de advertencia a Dita: "Es bueno que hayas sido tan firme, cuanto más intentas apaciguarlos, más se les sube a la cabeza".

Vamos a comer algo a la cantina", sugirió Sahana cuando se calmó la algarabía. Incluso una taza de café tibio sería bienvenida".

¡Uf! Menudo día", coincidió Dita, mientras se tomaba un café con Sahana.

Pero el día aún no había terminado. Palash Bose llamó sobre las dos de la tarde y fue directo al grano: "Acabo de enterarme de que unos chicos de Raktokarobi han izado la bandera nacional en las obras de nuestra universidad junto con la bandera de su partido".

Dita se quedó de piedra. Según tenía entendido, en la India se podía izar la bandera nacional el Día de la República o el Día de la Independencia, y ambos acontecimientos habían pasado hacía tiempo. ¿Por qué querría alguien izar la bandera nacional tan sumariamente?

Palash parecía haberle leído el pensamiento, de forma bastante extraña. No puedes izar la bandera el día que quieras", dijo.

¿Qué hay que hacer ahora? preguntó Dita, con la frente fruncida por la consternación.

Evidentemente, hay que arriar la bandera. Pero el problema es que nadie relacionado con la universidad puede hacerlo", dijo Palash con una nota de preocupación. Los fanáticos de Raktokarobi y su líder, Arshad Ali, han jugado muy bien sus cartas; no importa quién arrie la bandera, van a poner el grito en el cielo y a reavivar la lucha contra Shyamol Sathi. También te culparán a ti por apoyar a Shyamol Sathi".

Dita no daba crédito a lo que oía. He sido lo más neutral posible. ¿Por qué iban a culparme?

Tal y como yo lo veo, habría sido sensato que estuvieras de acuerdo con Rajeev. Por lo menos, Shyamol Sathi habría podido protegerte. Ahora tienes que lidiar con Arshad Ali y su sesgada forma de hacer política".

El viejo astuto sabía todo sobre el reciente altercado, parecía. ¿Qué hago ahora? preguntó Dita con tristeza.

Presenta una denuncia a la policía local; vendrán y quitarán la bandera. Nadie podrá quejarse si interviene la policía", fue el sagaz consejo.

Tratando de despejar las telarañas de la confusión de su mente, Dita decidió pedir ayuda al personal de la oficina. Necesito el número de teléfono de la comisaría local, por favor".

Alok tenía el número guardado en su teléfono, pero dudó antes de pasárselo. Llamar a este número para registrar su denuncia no le servirá de nada, señora; tiene que ir físicamente a la comisaría, necesitarán su firma para presentar la denuncia".

Vaya, esto no presagia nada bueno, pensó Dita. ¿A qué distancia está la comisaría?

Señora, no hay comisaría en Phulpukur", Alok no podía ocultar su angustia. La más cercana está en Diamond Harbour".

Eso está a más de media hora en coche de aquí", dijo Sahana, que había venido a firmar el libro de asistencia después de sus clases antes de irse a casa. Simpatizando con la difícil situación de Dita, las dos mujeres trataron de encontrar una solución al embrollo. Pero simplemente no había salida. Dita tendría que ir a la comisaría de Diamond Harbour.

Sahana hizo lo mejor que pudo: llamó a Pinku, le explicó la situación y añadió que no podía dejar que Dita fuera sola a comisaría, así que la acompañaría. Pinku dijo que se reuniría con ellas en quince minutos y que las llevaría a Diamond Harbour.

Sahana, tengo que volver a Calcuta, así que creo que sería mejor que cogiéramos mi coche", sugirió Dita, mientras recogían sus maletas y se dirigían hacia la puerta del campus. Alok las siguió, habiendo metido en su bolso varios documentos oficiales, por si la policía quería alguna prueba de que el edificio recién construido pertenecía realmente a la universidad. Dita dedicó a Alok una sonrisa cansada pero agradecida al ver que estaba decidido a acompañarles.

Pinku ya estaba allí cuando llegaron a la puerta, pero no estaba solo. He aquí que el niño Tea estaba allí con él. Un tenue y apenas perceptible hilo de felicidad pareció envolver el corazón de Dita. Parece un poco diferente, pensó Dita, y entonces se dio cuenta de que iba mejor vestido que el día que lo conoció. Sin embargo, sus ojos grises eran igual de atractivos, observó Dita, mientras una sonrisa iluminaba su mirada.

El pródigo vuelve, de quién sabe dónde". Dita le devolvió la sonrisa. Supongo que no eres un chico de Tea".

No", continuó sonriendo, "soy Raja".

¿Eh? Eso no explica nada", se burló Sahana. Veo que has vuelto'.

Ha vuelto con una explosión, ¿no crees? Pinku miró con admiración a Raja mientras todos subían al auto de Dita. Hubo un pequeño retraso mientras Raja luchaba por sentarse en el asiento del conductor, colocado para acomodar a una persona mucho más baja. Después de hacer los ajustes necesarios, Pinku se deslizó al lado de Raja, con Alok y las dos señoras en el asiento trasero.

Por las bromas que fluían entre Raja, Pinku y Sahana, era evidente que eran amigos íntimos. Dita se sentó y disfrutó de su cómoda camaradería. Todavía no sabía de dónde había vuelto Raja, pero decidió que tenía demasiadas cosas de las que preocuparse ahora y estaba segura de que lo averiguaría con el tiempo.

En la comisaría de Diamond Harbour les dieron una bienvenida real. Todo el mundo parecía conocer a Pinku, tanto por su apellido como por sus afiliaciones políticas. Archivar el caso fue pan comido, y el propio oficial encargado de la comisaría se ofreció voluntario para bajar a Phulpukur a resolver el problema de la bandera. Desde un rincón lejano de su agotada mente, Dita observó que Raja también estaba recibiendo un trato rayano en la obsequiosidad por parte de la policía. Me pregunto por qué.

Salieron de la comisaría con el oficial a cuestas. El hombre no sólo le dio a Dita su número de teléfono y le dijo que le llamara en caso de que se produjeran disturbios relacionados con los estudiantes, sino que también se ofreció a llevarlos hasta la orilla del río. Ya que están aquí, tienen que ver el río Hooghly. Mi hombre os guiará hasta un tramo precioso, no está ni a cinco minutos a pie de aquí', insistió.

Dita miró el reloj. Ya es muy tarde y tengo que volver a Calcuta. No me gusta conducir de noche por las autopistas, los faros del tráfico en dirección contraria pueden cegarme", murmuró.

Debió de perderse alguna comunicación silenciosa entre Pinku y Raja, así que se sorprendió bastante cuando Pinku dijo: "Raja se dirige hoy a Calcuta, ¿quizá pueda llevarte de vuelta? Mientras tanto, puedes relajarte un poco junto al río".

¿Por qué va a Calcuta? preguntó Dita estúpidamente.

Tengo un hermano allá a quien no he visto desde hace mucho tiempo', ofreció Raja.

'¡No lo sé! Para vosotros dos incluso un mes es mucho tiempo, id y alcanzadle y dadle mi amor', dijo Pinku mientras Sahana y él empezaban a caminar hacia el río.

Dita y Raja les siguieron. El río fluía a su propio ritmo intemporal, las olas golpeaban suavemente sus pies mientras ellos se acomodaban en las orillas arenosas. Cuando Dita levantó la cara para respirar hondo y su naricilla aspiró el aire fresco que la rodeaba, el cansancio y la frustración del día desaparecieron de su cuerpo. Estaba contenta de haber bajado al río y de tener a Tea a su lado.

Raja no podía dejar de pensar que Pom habría estado cautivada por la belleza del momento -las aguas turquesas del río, la brisa fresca del atardecer, y una mujer brillante e inteligente como compañía- Pom estaría feliz de pasar horas en este momento extático. Pero Raja, siendo Raja, siempre estaba dispuesto a ir un paso más allá, explorar territorios inexplorados, sumergirse en ese instante en el viento, avivar cada respiración, romper todos los límites probables.

Observando la embelesada atención con que Dita miraba el río, Raja señaló los distintos tipos de barcas que fluían por las aguas. Es bastante interesante, sabes, los constructores de barcos de Bengala rara vez tienen educación formal, hacen estas embarcaciones simplemente adivinando visualmente las especificaciones. Desgraciadamente, como la demanda de este tipo de embarcaciones ha disminuido, se trata de una habilidad casi extinguida". Indicando un par de barcas que se balanceaban delante de ellos, Raja continuó: "Son patia, pequeñas embarcaciones de pesca que el pescador puede llevar a hombros y dejar secar en la playa una vez terminada la faena".

El conocimiento innato de Raja sobre la topografía de la tierra sorprendió a Dita, al igual que su intento de arrastrarla a una explicación exhaustiva de los ritmos del río y de los hombres que surcaban las olas.

Raja saludó a una barca que pasaba y el barquero le devolvió el saludo. Esto es un khorokisti, su nombre procede de la palabra persa kasti, aunque la conexión persa con la Bengala fluvial sigue sin quedarme clara". Mientras Raja hablaba, la barca se había acercado y Dita se sorprendió cuando Raja saltó a la barca, le tendió la mano y tiró de ella sin esfuerzo.

El barquero de piel caoba sonrió a Raja, evidentemente feliz de verle. Parece que han pasado años desde la última vez que te vi, justo antes de que te fueras a Calcuta. Ahora eres muy alto, más que tu padre, creo. ¿Has vuelto a Phulpukur?".

No, Dhiren kaka, estoy aquí sólo unos días", respondió Raja, mirando al río. No es muy fácil vivir con mi padre, ¿sabes?", añadió, dirigiendo a Dhiren una mirada franca.

Dhiren rió entre dientes: "Veo que los problemas no han cambiado con los años". Recordó una ocasión en que había llevado a Raja de vuelta a Phulpukur tras uno de sus intentos de huir de casa. El niño errante se había escondido en un bote cargado de heno y había logrado navegar bastante lejos antes de que lo encontraran.

Y ahora ese muchacho ingobernable se ha convertido en un joven agradable, con una mujer tan atractiva a su lado, observó Dhiren. Se apartó de ellos, remó la barca y tarareó una melodía de Bhatiali mientras navegaba río abajo.

Al volver a las aguas del Bhagirathi-Hooghly, el río se agitó y Dita estuvo a punto de perder el equilibrio al intentar sentarse en los estrechos límites de la barca. Raja le tendió la mano de inmediato y, con sus brazos protectores, se aferró a ella y la atrajo hacia una cómoda compañía. Unos ojos grises la miraron, disipando sus miedos e inhibiciones en una cálida marea de emociones inexplicables.

Raja, con los ojos saltones y vulnerable, se hizo eco de los pensamientos de Pom; sus ojos de cierva lo inmovilizaban, esperando una respuesta mientras ella lanzaba su hechizo a su alrededor. ¿Quién eres, Raja? ¿Cuándo voy a saber lo que todos los barqueros de esta localidad saben?

Cautivado por sus ojos y agarrándose a un clavo ardiendo, Raja murmuró: "No me hagas preguntas y no te diré mentiras".

Al diablo con Pom, fue el último pensamiento consciente de Raja antes de bajar la cabeza, capturando unos labios tiernos en un beso apasionado; tras ellos, el río centelleaba con la brisa del atardecer, el mundo se desvanecía.

Hijos y amantes

El estudio de Pom en el sur de Calcuta era minúsculo, lo bastante bueno como para servir de piso de soltero. Estaba en la trigésima planta de un rascacielos y los hermanos bebían vasos de cerveza helada mientras contemplaban el extenso paisaje urbano. Había caído la noche, las luces de la ciudad se atenuaban y lo único que quedaba eran los destellos rojos de los semáforos.

Era como si la estuviera besando por poderes. La miré y no pude borrar la idea de que era exactamente como tú la habías descrito, toda ojos saltones y vulnerable, y no pude resistirme", resonó la voz de Raja en la silenciosa habitación.

No sé qué me pasa", continuó Raja, lanzando una mirada desesperada a Pom. Sabía que te gustaba. Parecía estar luchando con sus emociones, atrapado entre su amor incondicional por su hermano y la desesperación de un momento de deseo que lo había cogido desprevenido, un momento que se había deslizado de improviso y engullido cualquier otro pensamiento consciente.

Pom sintió una profunda marea de simpatía fluyendo hacia su hermano, un joven que estaba luchando por controlar sus emociones y obviamente fracasando abyectamente. Nunca había visto a Raja tan inseguro de sí mismo; el granuja de su hermano solía ser descarado y seguro de sí mismo, y Pom deseaba desesperadamente aliviar la situación.

Así que ahora tengo que retarte a un duelo, ¿verdad? Ya que me has robado a mi chica delante de mis narices". se burló Pom. Dime tu arma, muchacho, y nos encontraremos a orillas del Bhagirathi-Hooghly mañana al amanecer.

Pensándolo mejor, déjame mi lanza y tú quédate con tus baquetas", se rió Pom.

Esa es la mejor opción", el abrazo de oso de Raja casi amenazó con sofocar a Pom. "¿Dónde has pedido las baquetas?

'Deja de maltratarme, Raja, no es necesario que me ahogues hasta la muerte,' Pom luchaba por respirar cuando Raja lo soltó con algo de contrición. Las baquetas vendrán de China continental", jadeó, dando una bofetada juguetona en la mejilla de Raja.

¿Sólo baquetas? Raja parecía decepcionado.

No, glotón", se burló Pom. ¿No te conozco? Lo querrás todo. He pedido dim sums, arroz frito Szechuan, pollo al chili y cangrejo a la pimienta, con darsan y helado de vainilla de postre". La cara de felicidad de Raja fue toda la respuesta que Pom necesitaba.

Baba habría estado encantado con la comida china de Kolkatast; ¡odia el menú dal-roti, rajma-chawal de mamá! dijo Raja.

¿Qué te dijo cuando ganaste el Open Aeroflot? ¿Se alegró cuando volviste? Pom tenía curiosidad, se había perdido esta parte del drama familiar porque no había podido ir a Phulpukur los últimos fines de semana.

Estaba bastante contento con el dinero del premio. Creo que ya se ha dado cuenta de que a veces se gana mucho dinero con este juego, que además te da un poco de reconocimiento internacional. Por lo demás, es bastante ambivalente", se mostró pensativo Raja. Pensaba que todavía me estaban llegando vibraciones frías", hizo una pausa, antes de añadir: "Tendrías que haber visto a mamá, había convocado a la mitad de Phulpukur a comer para celebrarlo; la gente todavía estaba ocupada comiendo cuando salí para reunirme con Papu y Pinku".

'La razón de esas vibraciones frías no es muy difícil de averiguar, Raja,' Pom dio un trago a su cerveza. 'En este momento Baba está eminentemente confundido; en el reino animal, una criatura confundida es también una bestia acorralada y se comporta arbitrariamente porque realmente no puede descifrar el camino correcto a seguir. Baba, como es evidente para todos, es un hombre demasiado enérgico para quedarse sentado en casa después de jubilarse. Ser presidente del órgano de gobierno del Colegio Phulpukur es, en el mejor de los casos, un parche; su verdadera ambición está en la política, y quiere hacer una entrada impresionante en la arena política de Bengala Occidental".

Pom se detuvo a contestar al timbre, la comida había llegado. Los hermanos dejaron la comida sobre la mesa, olfateando con aprecio los aromas orientales que flotaban por la habitación. Pom continuó: "Baba tenía preparada una estrategia de peso, ser el presidente del órgano de gobierno le asegura la total lealtad de los estudiantes miembros de Shyamol Sathi; el personal de la oficina también, por si no te has dado cuenta, se inclina por él. Su siguiente paso fue asegurarse un aliado fiable, aquí es donde entra Girish Sarkar; Baba pensó que tenía un plan razonablemente bueno bajo la manga, ofreciéndome como pareja de Mishti'.

Pensé que te gustaba Mishti, así que ¿dónde está el problema?" Raja tenía curiosidad.

Las cejas de Pom se levantaron, "Y yo que pensaba que eras tú el que hablaba elocuentemente de Mishti".

Raja casi se atragantó con su comida, "¿Cuándo di esa impresión?

Pom suspiró a su imprudente hermano, "El otro día en la terraza de su casa, ¡estabas literalmente aprobando a la chica!

Vete a la mierda, Pom. Mishti estaba dispuesta a comer de tus manos', se burló Raja. 'No he escatimado un solo pensamiento para Mishti en el último mes. Y si recuerdo correctamente, ¡ella era muy vocal en su deseo de casarse contigo! Tú eras su caramelo para los ojos, ¿dónde figuro yo en todo esto? ¡En serio, contrólate, hermano!

"Que te jodan a ti también, hermano", replicó Pom. Porque Baba de alguna manera se ha aferrado a la idea de que Mishti te prefiere a ti antes que a mí, y desde que estipulé que necesito unos meses para reflexionar sobre si quiero casarme o no, ¡creo que sus sospechas han asumido la forma de hechos indiscutibles! Cree que estoy encubriendo tu ausencia y que estoy esperando a que vuelvas para aclararlo con Mishti. Ahora te considera la raíz de todos los males.

Lo que es más, no está seguro de la dinámica entre Papu y tú", continuó Pom con malvado regocijo. La forma en que ustedes dos se abrazaron ese día lo ha puesto a pensar.

Raja se quedó sin habla. Aprovechando el fracaso de las cuerdas vocales de su hermano, Pom posicionó su hipótesis hábilmente, 'Mira todo el fiasco desde el ángulo de Baba ahora, Raja, y entenderás por qué está molesto. Saboteaste su primer encuentro con Dita Roy, diste señales ambivalentes con respecto a la hija de Girish, ¡y le has dado la idea de que me gusta Dita Roy! La consecuencia es que Mishti quiere casarse contigo, pero tú eres muy feliz en la comodidad del abrazo de Papu'.

Las piezas de ajedrez en la mente de Raja se salieron de control. Necesito un trago fuerte', gimió. Esta cerveza no ayuda'.

Esto es un campo minado de tu propia creación, y ahora que las cosas se están saliendo de control, no puedes sentarte y quejarte. No hay opciones ahora, Raja, en realidad tenemos que luchar", Pom sonaba muy serio. 'Creo que estás exacerbando la situación al no revelarle tu identidad a Dita, ella podría no tomarlo bien cuando se dé cuenta de que eres el hijo de alguien a quien hoy en día considera su archienemigo'.

Pom, es exactamente por eso que no puedo decírselo, al menos no ahora; no quiero que piense menos de mí debido a la animosidad mutua entre Baba y ella'. Raja parecía estar cansado de todo. Es enloquecedor", suspiró.

Terminaron de comer en un agradable silencio y luego se estiraron frente a la enorme pantalla de televisión de la pared para saborear el darsan y el helado.

Me sentí muy orgulloso cuando dieron la noticia de que habías ganado el campeonato, lo emitieron en varios canales, pero no había vídeos, sólo mencionaban tu nombre", Pom era consciente de la reticencia de Raja a ser el centro de atención.

No es que la gente se muera por enterarse de los campeonatos de ajedrez de todo el mundo; no es como el críquet o el fútbol, que tienen muchísimos seguidores. El ajedrez tiene un número muy limitado de aficionados, así que nadie se quejó demasiado cuando me negué a conceder entrevistas. Sólo quiero pasar desapercibido durante algún tiempo", explicó Raja. Este mundo está demasiado con nosotros'.

Wordsworth", observó Pom. Tú y tu amor por los bardos ingleses, tal vez deberías haber estudiado literatura'. Tal vez por eso encuentro a Dita tan atractiva", reflexionó Raja. ¿Quién sabe?

¿Fue sólo ese beso junto al río? Pom tenía curiosidad. "La llevaste de vuelta a casa, ¿verdad?

La llevé de vuelta a casa, pero hubo muy poca conversación en el camino. Se quedó dormida en mi hombro. Creo que tengo un hombro congelado", Raja se rió.

Baba le dio un baile alegre hoy,' Raja compartió su preocupación con Pom. El malestar entre los estudiantes con respecto a sus clases, y luego la tontería sin sentido sobre un asunto de izamiento de bandera; pobre alma, para cuando estábamos listos para regresar, ella estaba completamente agotada .... De todos modos, ¿cuál es la situación entre tú y Mishti ahora?

Pom gimió, "Esa chica me está volviendo loco, Raja. Se niega a aceptar un no por respuesta. No tengo ningún problema con ella, como tal, pero tengo serias reservas sobre casarme con la hija de un mafioso cualquiera, porque al final del día eso es lo que Girish Sarkar es.

'Me está acosando en las redes sociales, ha conseguido mi número de teléfono, y para colmo irrumpió aquí, en mi apartamento, hace una semana'.

"¡No me digas! Raja se sorprendió de que Mishti pudiera ser tan entrometida.

Ella usó el pretexto de querer ver el apartamento en el que se esperaba que se estableciera, una vez que se casara conmigo", la voz de Pom reflejaba su asombro por la audacia de Mishti. Ella estaba completamente segura de que yo finalmente diría que sí al matrimonio;

que era sólo cuestión de tiempo antes de que yo aceptara.

Pom miró a Raja y bajó su voz a un susurro fingido, 'Hice la única cosa que pude para salirme de esta situación desesperada.'

¿Qué hiciste, Pom? ¿Qué hiciste? preguntó Raja con inquietud.

Dije que estaba enamorado de Dita Roy y que quería casarme con ella".

Los dos hermanos se miraron durante un largo momento antes de estallar en una estridente e impía carcajada.

Cuento de invierno

Llegó diciembre; los duros rayos del sol estival dieron paso a la débil luz del invierno; los habitantes de Phulpukur suspiraron aliviados cuando los días se hicieron notablemente más frescos; sacaron sus mohosas mantas, las airearon al sol y se prepararon para las largas noches de invierno. La expectación flotaba en el aire: se acercaba el día de la inauguración del campus del Phulpukur College.

Biltu, el chico de la oficina, se había puesto las pilas, corriendo de un lado a otro para hacer cientos de recados: distribuir panfletos anunciando la inauguración por todo el pueblo, organizar refrescos para los invitados y encargar al florista del pueblo las guirnaldas y ramos de flores frescas que se necesitarían para dar la bienvenida a los dignatarios en el gran día.

Alok, Praloy y Ashok pasaron noches en vela organizando los fondos para la ocasión y bailando al son de los caprichos de los miembros del órgano de gobierno, todos los cuales tenían diferentes peticiones que cumplir. Incluso los normalmente dóciles Pinku y Papu se metamorfosearon de repente en monstruos intratables, lanzando rabietas si sus demandas no eran satisfechas al instante.

Palash Bose, como de costumbre, se regocijaba en su papel de líder del coro, orquestando movimientos, llegando a la crème de la crème de Shyamol Sathi en Calcuta, y volviendo locos a todos con sus cambios de humor. Dita intentaba mantenerse alejada en la medida de lo posible, pero se convertía en el blanco de sus mordaces comentarios en demasiadas ocasiones. El hombre tuvo el descaro de decirle a Dita que no llevara tacones el día de la inauguración, porque iban a hacer una marcha simbólica desde el campus de la escuela hasta el de la facultad. También le pidió que no se pusiera las gafas de sol, que estaban demasiado de moda y la hacían parecer fuera de lugar en Phulpukur. Para colmo, también le sugirió que le convendría instalarse en algún lugar del pueblo de Phulpukur: podría dedicar más tiempo a los asuntos de administración del colegio y también ahorrar el combustible que gastaba regularmente yendo y viniendo de Salt Lake. Dita apenas podía controlar su irritación, pero desestimó su intromisión como la idiosincrasia de un patriarca obstinado.

Para empeorar las cosas, Raja le había hecho una jugarreta de desaparición, esfumándose después de la noche en que la llevó en coche a Calcuta. Se dio cuenta de que aún no tenía su número de teléfono y le daba vergüenza pedírselo a Sahana. Incapaz de olvidar su apasionado abrazo, se avergonzó de no saber ni siquiera su nombre completo y se sintió demasiado incómoda para preguntar por él a sus colegas, por si sus preguntas daban pie a cotilleos innecesarios. Se preguntó seriamente si tenía algún sentido invertir tiempo en pensar siquiera en aquel joven descarriado. En un par de ocasiones había oído a Palash despotricar por teléfono y el nombre de Raja aparecía repetidamente en esas conversaciones. En esos momentos, Dita se sentía contenta de que Raja pudiera irritar a Palash hasta ese punto, y estaba casi dispuesta a perdonarlo por sus deslices.

X

Palash Bose no tenía a nadie con quien compartir su miseria: incluso Hemlata hacía oídos sordos a sus quejas, hoy en día eran demasiadas, pensaba ella, y le dejaba a su aire. En los últimos meses, Girish le había llamado repetidamente para interesarse por el estado de la propuesta de matrimonio entre las dos familias. Palash trató de evadir la situación en la medida de lo posible, a menudo llegando al extremo de ignorar sus llamadas, hasta que un día Girish se presentó en casa de los Bose y soltó la bomba de que Pom le había comunicado a Mishti que no quería casarse con ella. Al parecer, estaba enamorado de Dita Roy.

Palash se quedó mudo de furia. ¿Qué había hecho para merecer dos hijos tan testarudos?

Hemlata se llevó la peor parte de su ira por haber dado a luz a dos mocosos desagradecidos, ninguno de los cuales estaba dispuesto a ayudar y apoyar a Palash cuando realmente los necesitaba. Había que evitar a toda costa a un padre frustrado y furioso; de ahí que Pom se negara a moverse de Calcuta, ignorando sumariamente las llamadas de Palash. Palash se dio cuenta de que tenía que arreglar la situación con Girish, y arreglarla muy pronto, antes de que Girish se lavara las manos con los planes de Palash.

En pura desesperación, decidió llamar a Raja, que estaba en Tamil Nadu, asistiendo al Campeonato de Ajedrez ONGC. La conversación entre padre e hijo fue tan acalorada que casi resultaba combustible.

Raja acababa de terminar una partida larga y bastante tensa cuando su teléfono empezó a sonar. Era su padre. Raja frunció el ceño; su padre no lo llamaba a menudo; un escalofrío de preocupación recorrió su mente mientras contestaba la llamada.

Palash no creía en iniciar una conversación con sutilezas formales, así que fue directo al grano. Raja, necesito que hagas entrar en razón a Pom, el estúpido se niega a casarse con Mishti'.

"Pero eso es prerrogativa de Pom, Baba, ¿cómo puedo convencerlo de lo contrario? Raja objetó.

Vosotros dos sois uña y carne, Raja', ladró Palash al teléfono. Si alguien puede convencerlo, serás tú'.

¿Por qué querría convencerlo, Baba? Si no quiere casarse con Mishti, es su decisión. Y no entiendo por qué quieres dictar los términos de su vida. Ya es hora de que aceptes el derecho a tomar decisiones individuales y dejes de dictarle".

Palash se esforzó por controlar su temperamento. Supongo que ahora también me dirás que sabes que planea casarse con Dita Roy. Esa mierda de chica, no puedo entender cuándo o dónde se encuentra con tu hermano para arrancarle esas eternas protestas de amor y compromiso".

Raja estaba estupefacto. Los rumores son como susurros chinos, se dio cuenta, cada persona añade su propia información antes de transmitirlos. En Phulpukur, los rumorólogos estaban haciendo su agosto: lo siguiente que oiría decir sería el destino de la luna de miel de la feliz pareja.

Reprimiendo una carcajada, Raja murmuró: "Eso también es decisión suya, Baba. Si él quiere casarse con Dita Roy y Dita Roy quiere casarse con él, ¿quiénes somos nosotros para impedírselo?

Será equivalente al harakiri para toda la familia, Raja. Girish Sarkar no tomará el rechazo amablemente', gritó Palash.

Pero seguramente no puedes pedirle a Pom que sacrifique su felicidad por el beneficio de la familia, o más particularmente tu beneficio, Baba. Tal y como yo lo veo, ¿no eres tú el que más gana de esta alianza con Girish Sarkar?

Lívido de ira, Palash bajó la voz a un susurro amenazador. Ya que estás tan preocupado por el bienestar de tu hermano, no me opondré a él si realmente quiere casarse con Dita Roy.

Mishti, sin embargo, se casará con alguien de nuestra familia. Girish ha sugerido que si no es Pom, ¡entonces tienes que ser tú, Raja! Espero que entiendas las consecuencias de negar a Girish, ahora ni siquiera es una opción, ¡es un hecho consumado!

Esta vez fue Raja quien gritó en el resonante silencio, el grito desesperado de un hombre aterrorizado que está a punto de ser colgado, arrastrado y descuartizado.

Sala del Lobo

A medida que los cortos días de invierno se diluían en la somnolencia de las largas y lúgubres noches, Dita se esforzaba por llegar a casa antes de que oscureciera; algunos días, se quedaba atrapada en reuniones sin sentido de los órganos de gobierno después del horario normal de la universidad y le resultaba difícil conducir de vuelta a Calcuta a esas horas de la noche. Largos tramos de la autopista carecían de alumbrado público adecuado, y a menudo conducía a través de kilómetros y kilómetros de completa oscuridad iluminada únicamente por los faros del tráfico que pasaba.

Una de esas noches, el coche de Dita se paró de golpe cuando un animal salvaje saltó de la densa vegetación que rodeaba Phulpukur, justo antes de que la carretera del pueblo se uniera a la autopista. Con el corazón acelerado por el susto, Dita observó con cautela a la criatura, que estaba a un palmo del parachoques delantero de su coche. Tenía un pelaje corto y velludo de color rojo grisáceo con matices grises y una clara mancha oscura en forma de V en los hombros. Dita se dio cuenta de que sus extremidades eran más pálidas que su cuerpo. Sus ojos brillaban como piedras preciosas, reflejando el resplandor de los faros del coche, y Dita casi pudo distinguir un aullido feroz mientras miraba su coche con salvaje irritación. Dita esperó con creciente inquietud, rezando para que el animal no se acercara más. Después de lo que pareció una eternidad, se escabulló en la oscuridad de un bosque cercano. Dita suspiró aliviada y siguió su camino.

Al día siguiente, Dita llegó tarde a la facultad y se encontró con una pequeña multitud en su despacho, conversando en voz baja y asintiendo con la cabeza a la atracción central de la sala. Se trataba de una enorme mesa de palisandro coronada por una impecable pieza de cristal esmerilado alrededor de la cual se había reunido la multitud. Dita sonrió satisfecha. La mesa era una notable mejora con respecto a la desvencijada mesa de plástico que había adornado su despacho en el campus de la escuela. Ella misma había hecho los pedidos de mobiliario para el colegio después de que el gobierno les concediera una pequeña subvención para muebles; era evidente que sus peticiones y cartas a las autoridades estaban dando sus frutos para el colegio.

No era poca cosa detectar un atisbo de agradecimiento también en los ojos de Palash, pensó Dita. Justo antes de que su rostro adoptara su habitual expresión apagada, se dio la vuelta para presentar a los dos hombres que estaban a su lado. Este es Aditya Pundit, el hijo del padre fundador de nuestra universidad; estuvo aquí el día de la inauguración, pero no pudo reunirse con vosotros entre toda aquella multitud; y este es Girish Sarkar, un hombre de negocios y muy querido amigo mío.

Debo decir que esta mesa es muy bonita", comentó Palash mientras Dita invitaba a todos a sentarse, aún sin saber por qué se había reunido tanta gente en su habitación. Haciendo gala una vez más de la extraña costumbre de leer sus pensamientos, Palash sonrió: "No, no nos hemos reunido aquí para maravillarnos con tu nueva adquisición; he convocado a todos aquí con carácter de urgencia porque Phulpukur se enfrenta a un desafío impensable: los ataques de los lobos".

Se oyeron murmullos de conversaciones excitadas cuando el personal y los profesores presentes en la sala empezaron a narrar sus angustiosas experiencias con el lobo descarriado.

Aditya Pundit tomó el mando. Había algo en su comportamiento que hizo que todos se incorporaran y le prestaran atención: después de todo, era el hijo de un antiguo dacoit y uno de los cazadores más famosos de la región.

Por la descripción de esta criatura, parece ser un lobo indio", explicó. En general, esta especie se encuentra en las regiones de tierra roja de Midnapore Occidental y sus alrededores. Por lo general, los lobos no recorren grandes distancias, así que no sé cómo ha llegado hasta aquí, pero una idea tranquilizadora es que estos animales no se vuelven agresivos hasta que son atacados o heridos".

Aditya, el problema es que nosotros conocemos la naturaleza del lobo indio, pero por desgracia los habitantes de esta región no. Sólo con ver al lobo se asustan", afirma Girish. No podemos esperar ningún comportamiento racional por su parte; por lo que sabemos, pueden reunirse y empezar a perseguir al lobo con palos y piedras, creando una confusión y un caos absolutos.

Precisamente por eso quiero tomar medidas preventivas", declaró Aditya. Organicemos un pequeño grupo de búsqueda y exploremos las zonas en las que se vio al lobo, empezando por el lugar de su último avistamiento".

Todos asintieron con la cabeza. Dita decidió hablar. En realidad, creo que lo vi anoche. Volvía en coche a Calcuta y esta criatura cruzó la carretera justo delante de mí, cuando estaba a punto de incorporarme a la autopista".

Otro murmullo de excitada conversación inundó la sala. ¿Cómo sabemos que es un lobo solitario y no una manada entera? Dipten, el bibliotecario, sonaba ansioso.

Aditya Pundit intentó tranquilizarle: "El lobo indio rara vez se mueve en manada", pero Dipten no parecía ni remotamente convencido.

Girish apoyó a Aditya: "Es sólo un lobo, no hay por qué preocuparse tanto. Tanto Aditya como yo tenemos licencia de cazadores. Tendremos nuestras armas con nosotros, sólo para estar seguros'.

"Pinku y Papu se unirán a ustedes", dijo Sahana. "Ambos son cazadores con licencia también.

"Está decidido, entonces. Salgamos dentro de una hora. Tenemos que inspeccionar una gran extensión de terreno", dijo Aditya mientras se levantaba para marcharse.

Quizá yo pueda ayudarles, ya que creo que soy la última persona que lo ha visto. Tiene sentido que te acompañe", se ofreció Dita tímidamente.

Aditya estaba impresionado. La joven era inteligente y valiente, quizá un poco temeraria, pero le complacía su oferta de ayuda. Les facilitaría el rastreo. Asintió con la cabeza.

Palash se negó a ser excluido del grupo de búsqueda. Cuando salieron de la habitación, le susurró a Girish: "No soy cazador, pero quiero acompañarte. Si puedes llevar a esa niña tonta, puedes llevarme a mí también. El único inconveniente es que no tengo pistola".

Girish se rió y susurró: "Te prestaré una escopeta, no te preocupes". Señalando a Dita dijo: "Tienes un adversario formidable, Palash. No es ninguna tonta. No me extraña que

conseguido embrujar a Pom".

Palash Bose no tuvo nada que replicar.

X

El pequeño grupo de cazadores se dirigió a casa de Aditya, donde les esperaban Papu y Pinku. También estaba Radha, preparada con un almuerzo Bong por excelencia de arroz, dal, verduras y curry de pescado para fortificarlos antes de emprender el rastro del lobo. Personalmente, estaba convencida de que el lobo ya debía de haber cruzado la frontera y emigrado a Bangladesh.

Mientras comían, Palash llamó a Hemlata para avisarle de que hoy podría llegar tarde a casa. Era viernes, Pom había venido a pasar el fin de semana y Raja había vuelto de Tamil Nadu. Palash esperaba una casa llena para cenar esta noche.

Hemlata, sin embargo, se sorprendió: "¿Por qué quieres ir a cazar lobos? No sabes nada de rastreo, y a tu edad podría ser un riesgo innecesario'. Sus hijos hablaban animadamente en el fondo, así que se dirigió a ellos. Chicos, ¡vuestro padre se va a cazar un lobo! Creo que se ha vuelto loco, deberíais intentar detenerlo". Palash apenas podía contener la frustración. Deja de ser tan dramática, Hemlata, no es un tigre devorador de hombres lo que estamos persiguiendo; incluso esa chica despistada, Dita, es parte del grupo y nadie se está rompiendo la cabeza por eso', regañó.

¿Qué? Dita debe de estar tan loca como tú". Hemlata no cabía en sí de gozo. ¿Por qué querría unirse a un grupo de rastreo? No tiene sentido", resopló. Dos pares de ojos grises la miraban con una expresión que sólo podía describirse como de horror.

X

Era mediodía cuando por fin se puso en marcha el grupo de búsqueda. Dita guió el enorme todoterreno de Girish hasta el lugar donde había encontrado al animal la noche anterior. Los hombres salieron del coche y desaparecieron entre la densa vegetación que sobresalía a ambos lados de la carretera. Incluso Jai, el conductor, salió sigilosamente para unirse a la refriega después de darle instrucciones de que no saliera del vehículo.

Dita se sentó y esperó, y esperó, y esperó un poco más. Como era invierno, Jai no había puesto el aire acondicionado del coche, y Dita empezó a sentir claustrofobia a medida que el interior del vehículo se calentaba poco a poco. Irritada y enfadada por haberse metido voluntariamente en aquella situación, ignoró la vocecita de preocupación que le susurraba tímidas advertencias y salió. El aire exterior era fresco y puro, con una pizca de frío. Sintiéndose por fin algo relajada, sacó sus AirPods y se conectó a su música favorita. Seguramente ese animal no cruzaría la misma carretera dos veces en tan poco tiempo, pensó; pero entonces había descartado por completo la ley más esencial de Murphy: todo lo que puede salir mal, saldrá mal.

Allí de pie, sola bajo el sol invernal, Dita se dio cuenta de que estaba agotada. Los últimos meses de ir y venir en coche de Salt Lake a Phulpukur -con la presión añadida de estar constantemente expuesta a retos inimaginables a diario y la inexplicable hostilidad de Palash Bose- la estaban agotando. Se preguntó si merecía la pena seguir luchando. Billie Eilish canturreaba en sus oídos,

Espero que algún día consiga salir de aquí, aunque me lleve

lleve toda la noche o cien años....

La letra de "Lovely" resonó en su cuerpo, aliviando frustraciones no reconciliadas, haciéndola sentir somnolienta.

Un movimiento repentino llamó su atención. Medio dormida, se adentró en las sombras de los árboles, mientras la canción "Lovely" la animaba a seguir adelante,

¿No es encantador estar sola?

Corazón de cristal

mi mente de piedra

Tear me to pieces, skin to bone.

Cuando terminó la canción, se había adentrado en la maleza, rodeada de árboles centenarios cubiertos de musgo verde esmeralda y algunas mariposas revoloteando alrededor de flores que habían florecido fuera de temporada. Dita miró hacia atrás, pero ya no veía el camino.

Desconectó la música y marcó el número de Sahana. Creo que me he perdido", confesó con voz inexpresiva. Oyó un grito ahogado al otro lado; Sahana, que parecía estar a un millón de kilómetros de distancia, le hacía preguntas que ella era incapaz de responder. Miró desesperada a su alrededor para darle a Sahana algún punto de referencia, pero todos los árboles parecían idénticos, ni siquiera sabía qué clase de árboles eran. 'Mariposas, creía que no se veían estas frágiles criaturas durante el invierno; pero cuando se ven, significan esperanza y renovación', la voz de Dita sonaba soñadora. Veo muchas alas revoloteando bajo el sol invernal", comentó mientras se acomodaba para admirar el paisaje. Petrificada, Sahana llamó a Pinku.

El grupo de búsqueda que había salido en busca de un lobo empezó a buscar a Dita. Girish no paraba de reñir a Jai por dejar a Dita sola en la carretera, mientras se dispersaban por parejas para localizarla.

Cuando Sahana llamó a Raja, los hermanos ya estaban en la carretera, conduciendo como locos para unirse al grupo de búsqueda. Sahana mencionó las mariposas de las que hablaba Dita. Dame su número de teléfono

ladró Raja.

Dita seguía contemplando las mariposas y sus hermosas alas, reconciliada con el hecho de que en pocas horas darían paso a las alas de los mosquitos que rondaban las noches de invierno en esta zona. Estaba dándole vueltas a este pensamiento moroso cuando sonó su teléfono: era un número desconocido. Cualquier otro día, no respondería a números desconocidos, pero hoy, como pensaba que estaba perdida y no tenía nada mejor que hacer, respondió a la llamada, esperando mentalmente que fuera algún centro de llamadas aleatorio intentando que invirtiera en algo.

Una voz que le sonaba vagamente familiar irrumpió en su ensoñación: "¿Dónde estás exactamente?". Había una nota subyacente de pánico en esa voz.

¿Por qué debería decírtelo? Además, ni siquiera Google Maps puede localizarme en este páramo olvidado de la mano de Dios", dijo ella con desdén.

Él emitió un siseo de desaprobación. Dita, sé seria; con lobo o sin él, pronto oscurecerá, ¡tenemos que localizarte antes!

Pero no puedo darles ningún punto de referencia concreto", respondió Dita, luchando por salir de la lasitud que se había apoderado de ella. Sólo veo árboles, nada más", murmuró.

Dita, mira a tu alrededor", insistió la voz del teléfono. ¿Puedes averiguar si los árboles son un poco menos densos en alguna parte?

Insegura, pero tratando de seguir las instrucciones de la voz, caminó en la dirección en la que creía que los árboles se estaban raleando ligeramente. Dio unos pasos, se detuvo y volvió a avanzar. Creo ver una pequeña masa de agua a mi izquierda", informó a la voz. Parece un estanque de nenúfares, pero no hay flores". La voz soltó un grito de alegría.

Dita, sólo hay un estanque de nenúfares cerca, sigue a tu izquierda y camina recto, llegarás a un claro, espera allí, ¡vendremos a buscarte!

"Raja", graznó. "¿Eres tú?

Quién si no iba a preocuparse por ti, loca que eres", fue la graciosa respuesta. Espera en el claro; no te alejes con las mariposas'.

Terminando la llamada, Raja marcó el número de Papu. La encontrarás en el claro cerca de los castaños. Ve a buscarla antes de que marche a más lugares desconocidos".

Pom miró a Raja inquisitivamente, "Pensé que le habías prometido que ibas a buscarla; ¡ella te estará esperando!

Pom, te olvidas que Baba también estará allí. No tiene sentido tener un drama familiar al aire libre. Ya tiene algunas ideas muy locas en la cabeza, no compliquemos las cosas".

Dita esperó pacientemente en el claro, donde el grupo de búsqueda finalmente la alcanzó, pero no había señales de Raja. De alguna manera, Dita no estaba muy sorprendida. Al menos había logrado salvar su número.

Mucho ruido y pocas nueces

Girish Sarkar prestó magnánimamente su todoterreno y su chófer para llevar a Dita a casa. Las desventuras del día le habían pasado factura y no tenía fuerzas para quejarse. En el esquema de Girish, siempre es bueno mantener a tus adversarios al margen de tus pensamientos, estudiarlos de cerca y esperar una oportunidad para atacar. Él ya había marcado a Dita como un desafío formidable; después de conocerla entendió por qué Pom la elegiría a ella en lugar de a Mishti-no sólo era guapa, era aguda e inteligente, lo que era evidente en la forma en que estaba dirigiendo la universidad.

Jai, el chófer de Girish, volvió con un montón de historias sobre Dita y su familia. Obviamente, había hablado incesantemente con ella mientras la llevaba a Calcuta. Girish escuchó atentamente a Jai, que le contó que el padre de Dita era arqueólogo en Delhi y ocupaba un puesto destacado en el Archaeological Survey of India. Como viajaba mucho, la madre de Dita había decidido quedarse en Calcuta en vez de tener a la familia viajando por todo el mundo de un momento a otro.

Finalmente, como un mago que saca un conejo de la chistera, Jai encendió la televisión en el estudio de Girish. Pasó por varios canales antes de decidirse por el popular Kolkata Calling, donde señaló con entusiasmo a un actor de una de sus series web. Es

Tamali Roy, la madre de Dita ma'am". Con las manos en las mejillas, se acomodó en la alfombra para mirarla boquiabierto.

Y la señora Dita mencionó algo más", recordó Jai. Dijo que Bob Banerjee, el productor y director de la mayoría de las series web que se emiten en Kolkata Calling, vendrá pronto a Phulpukur. Quiere rodar en el campus universitario para un nuevo proyecto en el que está trabajando".

Girish quedó impresionado con el talento de detective de Jai. Armado con esta última información, no pudo sino apreciar la clarividencia de Dita al permitir el acceso del equipo de cámara para rodar en el campus y dar a conocer la universidad más allá de Phulpukur. Se preguntó cómo reaccionaría Palash ante esta información; la decisión de Dita sin duda volvería a perjudicar a Palash. Palash tenía la esperanza de que, tras convertirse en el ALM local, podría mejorar la reputación de la universidad de Phulpukur en el estado, pero el movimiento de Dita se había adelantado a sus ambiciones y daría popularidad y fama instantánea a la universidad.

Personalmente, Girish era de la opinión de que, por mucho que Palash quisiera erigirse en el macho alfa de la familia, su mujer y sus hijos tenían claramente mente propia. Pero, ¿quién era él para quejarse? Incluso Mishti estaba demostrando ser totalmente incorregible estos días. Estamos criando una generación de niños desagradecidos, pensó con pesar.

X

Estos eran casi los mismos pensamientos que le rondaban por la cabeza a Palash mientras arrastraba la escopeta hasta su casa; en el ajetreo de la caza de Dita, el grupo se había dispersado caóticamente y Palash no pudo devolverle el arma a Girish. Mientras arrastraba el peso muerto del arma inutilizada, se preguntó cómo sabía Papu que Dita estaría en el claro. Tenía muy poca fe en los jóvenes de hoy. Siempre estaban haciendo travesuras, e incluso Dita parecía ser una cabeza hueca: ¿por qué iba a querer hacer un truco de desaparición?

Palash la culpaba directamente de haber perdido la oportunidad de rastrear al lobo. Mientras el equipo de búsqueda daba vueltas tratando de localizar a Dita, los aldeanos habían visto al lobo en las inmediaciones de la oficina del partido Shyamol Sathi; el departamento forestal había recibido llamadas de socorro de los habitantes de Phulpukur e intervino con sorprendente rapidez para capturar a la bestia y llevársela. Al parecer, también hubo cierta cobertura mediática, pero él se lo había perdido todo.

Hemlata se alegró de que Palash volviera de una pieza y cojeó hasta la cocina para dar instrucciones al cocinero. Palash arrastró la pistola hasta su dormitorio y la metió debajo de la cama, lejos de miradas indiscretas. A Hemlata le daría un ataque si le viera con una pistola. Hizo una nota mental para devolvérsela a Girish lo antes posible. Por suerte, los chicos no aparecían por ninguna parte.

Un par de horas más tarde, cuando la familia por fin se sentó a cenar, Palash volvió a abordar el tema del matrimonio de Pom. Mi insistencia en este matrimonio puede parecer un ejercicio inútil, pero como Pom está obviamente enamorado de Dita....".

¿Cuándo conoció Pom a Dita?' Hemlata estaba desconcertada. Por lo que yo sé, eres tú quien se encuentra con Dita regularmente'.

Raja se rió, "Mamá, ¿estás insinuando que es Baba quien debería estar enamorado, porque interactúa más con Dita?

Hemlata ignoró el comentario algo irreverente de Raja. Pom, ¿cuándo conociste a Dita?" preguntó, clavando en Pom una mirada gris furiosa. Pom miró a Raja con impotencia: ¡su madre podía ser peor que la Inquisición española si quería saber algo!

Creo que la vi una o dos veces de pasada", murmuró Pom.

Y una vez en un sueño también", la información de Raja le valió una patada en la espinilla por debajo de la mesa.

¿Una o dos veces? Hemlata continuó obstinadamente. '¿Y qué quieres decir exactamente con "de pasada"?'

'La vi de lejos el día que ingresó en la universidad', respondió Pom. En otra ocasión me encontré con ella unos instantes mientras recogía a Papu de camino a Diamond Harbour".

Hemlata enarcó las cejas, sorprendida. Y basándote en estos encuentros fugaces, ¿has decidido que quieres casarte con ella?

El encuentro del sueño no fue tan fugaz, mamá. Pom se tomó su tiempo con ese,' Raja chilló de dolor cuando Pom lo pateó de nuevo.

Los ojos grises de Hemlata se nublaron de preocupación.

Dita sabe algo de esto?

No. Pom estaba empezando a parecer claramente incómodo.

Entonces, ¿nos estás pidiendo que creamos que quieres casarte con una chica a la que has conocido hace unos segundos y que puede que ni siquiera sepa de tu existencia? La cara de Hemlata palideció de incredulidad. "Y, obviamente, ella no sabe o no comparte tus sentimientos, es decir, si realmente tienes algún sentimiento? ¿A quién quieres engañar, beta?

"¿Cuándo te he dicho que quería casarme con ella? Pom hedged. No hacéis más que crear escenarios imaginarios; no me estáis escuchando de verdad".

Palash estaba casi apoplético. ¿Cómo puedes decir que estamos imaginando cosas? Le dijiste a Mishti que no querías casarte con ella'.

Le dije a Mishti que no quería casarme con ella. Sin embargo, esta respuesta era demasiado directa para ella; no le sentaba bien a su ego, necesitaba una razón justificable de por qué estaba siendo rechazada. Así que se me ocurrió la mejor razón que se me ocurrió: la engatusé con el nombre de Dita".

Esta confesión tuvo diversas repercusiones en los oyentes. Palash estaba furioso, Hemlata parecía satisfecha de haber sido capaz de sacarle la verdad a Pom y la cara de Raja reflejaba un regocijo diabólico. El nombre estaba alojado en su subconsciente, por eso se le escapó tan fácilmente de la lengua", declaró Raja. Pobre desprevenida Mishti, ella no sabe que tiene que luchar con un ideal, y no con una mujer real.'

Lanzando una mirada de advertencia a Hemlata, Palash decidió hacerse cargo. Ya que Raja es tan consciente de las necesidades de la mente subconsciente de Pom, ¡cambiemos el novio propuesto por Mishti! Girish mismo ha expresado su deseo de hacer a Raja su yerno.'

'Pero Mishti no es ni la mujer ideal ni la mujer real con la que me gustaría casarme', protestó Raja. ¿No puedo opinar sobre mi propio matrimonio?

No", respondió Palash secamente.

Raja se volvió hacia Pom y susurró: "¿Te he dicho que me fugo con Papu? Está todo planeado".

Con cara de póquer, Hemlata preguntó: "¿Sabe Papu tus planes?".

Orgullo y prejuicio

Bob Banerjee personificaba la imagen popular del director de cine excéntrico. Con una melena salvaje e indomable y unas gafas siempre colocadas en la parte superior de la cabeza, como para mantener en su sitio su desbordante cabellera en lugar de utilizarlas para mejorar la claridad de su visión, este hombre enjuto y enérgico parecía imaginarlo todo a través de la perspectiva de su cámara. No parecía importarle que a su alrededor se hubiera congregado una multitud considerable que miraba con descarada curiosidad a los actores y al equipo. Los estudiantes se unían al espectáculo siempre que tenían clases libres, algunos de ellos con la esperanza de que sus rostros pudieran aparecer en escenas multitudinarias.

En otra vida, habría sido un pirata con su catalejo, el capitán Bob en la cubierta del Hispaniola", señaló Dita a Tamali, mientras madre e hija permanecían de pie bajo el sol invernal, observando cómo Bob corría por el campus, tratando de encontrar el lugar perfecto para su toma.

Por las miradas que les dirigían, era evidente que la de Tamali era una cara muy conocida en la pantalla; el personal de la oficina de Dita no paraba de trotar arriba y abajo por el césped para conocer a Tamali y Bob. Tamali, poco acostumbrada a ser el centro de atención, disfrutaba del momento. Sahana se acercó con Pinku y Papu, que estaban tan contentos de conocer a Tamali que insistían en que visitara su casa. Era una de las mansiones más antiguas del pueblo, le explicaron, como si eso la hiciera una propuesta más atractiva para ella.

Por el rabillo del ojo, Dita vio que Alok intentaba llamar su atención desde la fachada del bloque de oficinas. ¿Qué puede andar mal ahora?, pensó Dita cabizbaja, mientras se apresuraba hacia la oficina. Resultó que el alboroto era sobre el profesor bengalí Agni y su comportamiento bastante censurable hacia una alumna llamada Seema. Voces airadas denunciaban el modo en que Agni se había dirigido repetidamente a Seema, pidiéndole que se sentara en el banco de delante durante sus clases. Si se negaba, Agni la amenazaba con suspenderla en su asignatura. El acoso se prolongó durante bastante tiempo, hasta que Agni finalmente reveló sus egoístas intenciones y propuso matrimonio a su atribulada alumna.

Durante muchos meses, Agni no dejó de repetir en sus clases que procedía de una familia razonablemente acomodada y presumía de las marcas de ropa que vestía y de las últimas versiones de teléfonos que llevaba. Mientras Seema se retorcía, pálida y pálida, sentada al frente de la clase, demasiado avergonzada incluso para establecer contacto visual con sus compañeros, Agni seguía ensalzando su propio valor de mercado ante la niña. Finalmente, los alumnos de su clase decidieron tomar cartas en el asunto. Sus quejas tenían dos justificaciones: en primer lugar, llevaban mucho retraso en el temario porque el profesor estaba demasiado ocupado presumiendo de su ropa, sus teléfonos y, en general, de un estilo de vida superior; en segundo lugar, era doloroso ver a Seema soportar semejante acoso en silencio.

Por supuesto, hay que tomar medidas contra el profesor infractor", intentó apaciguar Dita a los agitados alumnos. Tengan la seguridad de que tomaremos las medidas oportunas para resolver la situación. Volved a vuestras clases; la dirección se ocupará de esto".

Cuando los alumnos se dispersaron, Dita intentó controlar la rabia que les invadía. Es un comportamiento inaceptable", le dijo a Alok en tono gélido. Tenemos que suspender a Agni durante al menos unos días para sentar el precedente de que no se tolerará este tipo de conducta por parte de ningún profesor".

Alok asintió sin convicción, mientras Praloy murmuraba: "Agni es un miembro activo de Shyamol Sathi; podría ser difícil suspenderlo sin provocar la ira del partido. Además, es muy amigo de Palash Bose. Una suspensión requeriría la aquiescencia del órgano de gobierno y, de algún modo, no creo que su presidente estuviera de acuerdo. A la larga, sería un desprestigio para usted, señora".

Dita se negó a dejarse intimidar. Pero si no me defiendo, quedaré mal con mis alumnos". Cogió el teléfono y marcó el número de Palash Bose.

X

Palash se apresuró a ir al campus universitario, pues no quería que Dita tomara una decisión unilateral que pudiera volverse en su contra más adelante. Girish Sarkar y Mishti, que estaban visitando a Palash, decidieron acompañarle. Mishti estaba entusiasmada ante la perspectiva de conocer por fin a Dita.

Cuando entraron en el campus, les recibieron imágenes y sonidos extraños. Un conjunto de cámaras rodeaba el césped junto a la cantina recién instalada; enjambres de gente entraban y salían de la zona. Cuando el muro humano se agitó y se balanceó, Palash vio a un hombre de aspecto bastante salvaje que gesticulaba dramáticamente. Desconcertado, Palash no pudo evitar quedarse mirando.

Girish carraspeó ruidosamente. Veo que Dita ha conseguido que Bob Banerjee venga a Phulpukur". ¿Qué Bob? preguntó Palash.

Mishti ya había empezado a correr hacia la multitud; al ver a Papu, saludó con la mano y se abrió paso a codazos para echar un vistazo a los actores. Pinku se dio la vuelta y vio a una chica que se precipitaba como una bala perdida entre la multitud. Papu sonrió con indudable placer. Esta es Mishti", dijo entusiasmado, presentando la chica a Pinku.

Sin inmutarse por la inequívoca deserción de su hija, Girish señaló con pesar a la multitud: "Palash, a veces también tiene sentido ponerse al día con la cultura popular, no siempre puedes mantener la cabeza enterrada en libros y manifiestos políticos".

Palash hizo caso omiso de la burla, mientras Girish continuaba: "Bob Banerjee es un prolífico director y productor, responsable casi en solitario de un aluvión de series web de gran éxito que han salido de Kolkata Calling en los últimos años. Es de lo más excéntrico, pero su equipo y sus actores adoran literalmente el suelo que pisa".

Palash parecía clavado en el sitio: "Pero, ¿por qué está aquí? ¿Dónde ha oído hablar de Phulpukur?".

Tamali Roy es una de las actrices más solicitadas del equipo de Bob", explicó Girish. Es la madre de Dita. Creo que Bob estaba buscando un campus en un pueblo para rodar una nueva serie y así fue como ocurrió todo".

Palash se preguntó cómo Girish sabía tanto de todo. Sin perder de vista las travesuras de la multitud, caminaron a paso tranquilo hacia la oficina de la universidad.

Un Agni extremadamente agitado les esperaba en el despacho de Dita. Con la cara roja y temblando de rabia, se abalanzó sobre Palash y Girish como un animal enfurecido al que privan de su presa. Simplemente no entiendo por qué la señora Dita presta oídos a semejante calumnia. No hay ni un ápice de verdad en estas acusaciones.'

Siéntate y explícame exactamente lo que ha pasado", interrumpió Palash con bastante brusquedad la perorata de Agni.

Sorprendido por el tono de Palash, Agni empezó a murmurar: "Esta chica no prestaba atención en mis clases, así que la hice sentarse en primera fila. Es muy lenta aprendiendo.... Supongo que no entendió el esfuerzo que yo estaba haciendo para ponerla a la altura'.

Esa no es la versión que nos han contado los alumnos -intervino Dita.

Agni se encendió de nuevo. Fabricaciones, todas ellas, y todas ellas políticamente motivadas. Si no me equivoco, Seema está saliendo con Utpal, el líder estudiantil de Raktokarobi. Han hecho de mí uno de sus objetivos porque creen que apoyo a Shyamol Sathi".

Palash tuvo muy poca paciencia con el histrionismo de Agni. Deseoso de zanjar el asunto lo antes posible, pidió a Alok que se pusiera en contacto con Utpal y Rajeev, los líderes estudiantiles de los dos partidos.

Dita miró a Palash: "¿De verdad quieres hacerme creer que Rajeev no ha sido entrenado para dar un tinte político a esta situación? Vosotros tenéis cábalas mortales".

Sin duda, en cuanto Utpal y Rajeev entraron en la sala, todo se convirtió en una batalla campal de una facción política contra otra, en la que el delito de Agni pasó a un segundo plano. Rajeev quería demostrar que Utpal había colocado hábilmente a su novia como cebo para difamar a Agni y, por extensión, a Shyamol Sathi, mientras que Utpal estaba empeñado en demostrar que

Seema era el objetivo porque era su novia y él dirigía Raktokarobi.

La discusión se hizo interminable, y Dita se dio cuenta de que todo aquello no era más que una distracción para que Agni se librara del problema. La suya era quizá la única voz neutral en este mar de caos, pero estaba segura de que Palash la anularía.

Cansada de todo, pidió a los chicos que esperaran fuera de la sala para escuchar la decisión final de la administración. Sin tener en cuenta los riesgos a los que se exponía, expresó su opinión: "Me parece una violación del código de conducta que debe existir entre un educador y su alumno. Como institución educativa, tenemos que defender la idea de que cualquier alumno que entre en nuestra aula no se sienta amenazado ni acosado por el profesor. ¿No es eso un requisito básico?

Se detuvo para ordenar sus pensamientos: "En este caso, creo que Agni debería sufrir una suspensión simbólica, como mínimo, por haber instigado algunas preocupaciones graves en la comunidad estudiantil. Tiene que tomarse un tiempo para reflexionar sobre por qué no ha sido capaz de generar confianza entre sus alumnos. No queremos que nuestra universidad se asocie con historias de intimidación en lugar de ilustración".

Se hizo el silencio en la sala. Salvaje, pensó Girish, la chica no se anda con rodeos. A Palash no le sentó nada bien; su cara parecía un nubarrón mientras luchaba por controlar la situación.

Cuando Mishti entró en la habitación con Papu y Pinku, parecía como si hubiera entrado en un campo de minas repleto de explosivos ocultos listos para arder a la menor provocación. A primera vista, lo que Mishti vio fue un cuadro congelado, en el que una niña enclenque estaba lista para enfrentarse a los hombres más poderosos de Phulpukur. A ver si aguanta, pensó Mishti.

Por otra parte, si cedemos a las reclamaciones infundadas de los alumnos y castigamos a un profesor de forma tan arbitraria, ¿estamos enviando el mensaje correcto? bramó Palash. 'Ten en cuenta que tú también eres profesor, si sientas a Agni como precedente, nadie sabe qué cargos presentarán después; podrían sentirse con el poder suficiente para desafiarte a ti también'.

Cruzaremos ese puente cuando lleguemos a él", dijo Dita con desdén. A todos los efectos, los dos parecían dos púgiles en una arena dispuestos a luchar hasta la muerte. Ninguno de los dos parecía dispuesto a ceder un ápice.

Mientras todos esperaban con la respiración contenida una conclusión culminante, Papu soltó un chascarrillo: "Seema es la tercera chica, ¿verdad?, a la que has propuesto matrimonio en esta universidad, Agni", preguntó inocentemente. Parece que cuanto más joven, mejor", le guiñó un ojo melodramáticamente a la estupefacta Agni.

Dita se había preparado para el enfrentamiento final con Palash, y en ese estado de preparación para la batalla, las palabras de Papu tardaron un minuto entero en calar. Una respuesta extraña e inesperada asomó su traviesa cabeza en algún lugar profundo de su alma, una burbuja siguió a otra, ligera, efervescente, pero insistente. Para sorpresa de todos, estalló en carcajadas, un sonido alegre, incluso para sus propios oídos, y luego le guiñó un ojo a Papu.

Ahí lo tienes", presentó su caso al improvisado jurado. La reputación de Agni no es la de un lirio inmaculado. Pareceremos tontos si le damos nuestro apoyo incondicional".

Finalmente, se decidió que Agni no se presentaría voluntariamente al servicio durante los cinco días siguientes. Aprovecharía ese tiempo para reflexionar y disculparse con Seema.

Durante la pausa en la conversación, Girish aprovechó la oportunidad para presentar a Mishti a Dita, ya que Palash, que estaba ocupado ocupándose de los desaires a su ego, no mostró ningún interés en cumplir con las formalidades. Para sorpresa de Dita, Mishti no contuvo su agradecimiento: "Ha sido un espectáculo digno de ver, Palash kaka por fin ha encontrado a su media naranja", dijo entusiasmada y se inclinó para susurrar: "¡No me extraña que Pom haya perdido su corazón por ti! Debo decir que valió la pena perderlo".

Dita se quedó perpleja: "¿Qué Pom?" En medio de la ansiedad de las últimas horas, le resultaba difícil concentrarse en un nombre al que nunca había prestado especial atención.

No era la respuesta que Mishti esperaba.

Fue en ese momento cuando Aditya Pundit entró en la habitación, seguido de dos ayudantes que se debatían bajo el peso de un enorme objeto que parecía ser el retrato de un hombre a tamaño natural, montado dentro de un pesado marco de madera adornado con enredaderas y rosas. Papu y Pinku no daban crédito a lo que veían sus ojos, pues delante de ellos, cómodamente instalado en aquel marco incongruente, estaba el retrato de su abuelo, Durjoy Pundit, el legendario dacoit de Phulpukur.

Por fin está listo el retrato", anunció Aditya con inmenso orgullo, mirando a su alrededor en busca de aprobación. Se suponía que iba a estar en el Salón de la Fama, pero como aún no tenemos nada parecido, ¿dónde sugieren que lo coloque?

Nadie sabía dónde poner esta monstruosidad, e incluso Girish parecía haberse ido de la lengua. Finalmente, Palash graznó: "Ponlo ahí". Todo el mundo se volvió para mirarle: señalaba el trozo de pared que había justo encima de la silla de Dita, a la cabecera de la elegante mesa de palisandro.

Bob Banerjee, que había terminado el rodaje del día, había ido a reunirse con Dita a su despacho. La venganza adecuada", asintió con la cabeza, mientras todos le miraban boquiabiertos. Si el retrato se cae mientras Dita está sentada en esa silla, puede que se ponga en camino hacia el cielo.

Tomaré nota de esto", continuó, "arma homicida oculta a plena vista que se utilizará para matar al desprevenido director de mi serie". Qué idea tan innovadora", se rió entre dientes.

Tamali, que había seguido a Bob a la habitación, palideció ante la macabra idea; ¡el bindi rojo sangre de su frente parecía iridiscente de furia! Si las miradas mataran, Palash Bose ya habría muerto un par de veces, pues casi todos los presentes le miraban mal.

Cuento de Navidad

La Navidad estaba en el aire, y Biltu, el chico de la oficina, se sentía aliviado. Durante los últimos días antes de que el colegio cerrara por vacaciones de invierno, Biltu había trabajado a destajo, corriendo de un lado para otro para satisfacer las estridentes demandas de los profesores y del personal de oficina. Finalmente, todos se habían ido a casa por vacaciones; Biltu limpió todo lo que pudo, cerró con candado la puerta principal de la facultad y se marchó ansioso a disfrutar de dos semanas de libertad. Tenía planes de ir a Calcuta con sus dos hermanas: querían visitar el zoo, ver el Museo Nacional, dar un paseo en faetón alrededor del Victoria Memorial y hacer todas las cosas que se hacen en un día de invierno en Calcuta.

De hecho, el invierno es una locura para los habitantes de Calcuta; es esa época del año en la que se sacan los gorros de mono y los cárdigans de gran tamaño, y las mujeres empiezan a combinar sus saris y kurtas con los chales de Cachemira que han acumulado a lo largo de los años. Es la época del año en que uno se deleita con el nolen-gur sandesh y la rasogolla y hace cola frente a Flurys para comer un trozo de sus tartas de ciruela, y luego salta a Nahoum's, en New Market, para deleitarse con las delicias pecaminosas de sus emblemáticas tartas de fruta. Al fin y al cabo, es la época de los caprichos.

Así fue como, en una fresca mañana de invierno, Arko consiguió convencer a Dita de que merecía la pena hacer cola para desayunar en Flurys. El entusiasmo de Arko era contagioso, por no decir otra cosa, y pronto Dita se encontró pidiendo un enorme y suntuoso desayuno. Nunca podré acabar con tanta comida", suspira, pero lo pide.

Para Arko, fue como elegir de una lista de deseos: pidió huevos rancheros, un desayuno al estilo español servido con huevos fritos, bacon picante y pollo a la parrilla cajún, con pan y zumo a elegir. Es suficiente para alimentar a un ejército durante dos días", se quejó Dita. Arko no se preocupó y esperó la comida con impaciencia.

El tintineo de los cubiertos, las conversaciones susurradas, los deliciosos aromas que flotaban en el aire se sumaban a una sensación de despreocupada lasitud; es lo más parecido a la felicidad terrenal en estos momentos, pensó Dita mientras sorbía su té. Arko, sin embargo, era un manojo de energía y quería que Dita le contara las últimas anécdotas de la universidad.

Ahora no pasa nada, Arko. Quiero que estas vacaciones sean relajadas y tranquilas", dijo Dita, mirando las bandejas de pasteles, tratando de decidir si tenía apetito para darse un capricho.

¿Qué hay del amante? ¿Le has visto últimamente? insistió Arko.

Una golondrina no hace verano", una sombra flotó en el día, reflejada en la repentina mirada de pellizco de Dita. No puedes llamarle mi amante por dos encuentros y una llamada. Lo próximo que sabré es que tendrás una novia estable y yo seguiré intentando averiguar qué trama Raja", se burló Dita de su hermano. Termina tu comida y luego podemos pedir unos pasteles".

A Arko se le iluminó la cara ante la perspectiva de terminar su delicioso desayuno con pastel, y pensó que valía la pena compartir algunas joyas de sabiduría con su hermana. Didi, no eres precisamente una niña mimosa del siglo XIX que espera a que el hombre tome la iniciativa. Contrólate. Si de verdad te interesa, coge ese estúpido teléfono y llámalo. Deberías tener su número porque te llamó el día que te perdiste".

Dita fingió estar inmersa en el menú de postres mientras su mente dejaba escapar un silencioso grito de placer: había guardado el número de Raja, si es que era realmente el número desde el que había llamado. Comprobó subrepticiamente su teléfono, mientras Arko le guiñaba un ojo al otro lado de la mesa, acabándose los últimos bocados de su plato. Adelante", la animó. No me hagas caso".

Aplastando el último vestigio de indecisión, Dita pulsó el icono de llamada de su pantalla. La respuesta fue inmediata: "No me digas que te has vuelto a perder", se burló la voz.

Sí", la voz de Dita esbozó una sonrisa. He tenido que perder la cabeza antes de llamarte".

Perdido o no, siempre es un placer oír tu voz", Raja sonaba realmente complacido.

¿Qué estás haciendo hoy en día?", se deslizó en la conversación sin esfuerzo. Deduzco que son vacaciones de invierno para ti".

Unas muy necesarias también,' bromeó Dita, '¡un descanso de dos semanas de las payasadas de Palash Bose! Ese tipo está empeñado en volverme loca", le confió Dita a Raja, pensando que era la única persona en Phulpukur que podía enfrentarse a ese astuto zorro. De hecho, ella lo había visto enfrentarse a Palash varias veces.

Hubo una pausa significativa antes de que Raja hiciera la pregunta obvia, '¿Qué ha hecho ahora?

Dita rió, '¡Pregúntame qué no ha hecho para incomodarme! Es una larga historia, Raja, demasiado para contarla por teléfono. Te la contaré en persona un día de estos'.

'Dime el día,' Raja, como siempre, creía en lo específico, no era de los que se quedan colgados.

"¿Estás en Phulpukur ahora? preguntó Dita.

Otra vez, otra pausa corta, antes de que Raja contestara, 'No, no en Phulpukur. Estoy en Delhi".

Siempre es tan difícil averiguar el paradero de este hombre. ¿Qué haces en Delhi?', preguntó.

"¿Quieres preguntarme todo esto por teléfono? Raja esquivó la pregunta. Voy a coger un vuelo mañana temprano a Calcuta, por si todavía quieres verme. Salt Lake está bastante cerca del aeropuerto, ¿no? preguntó Raja, anulando la silenciosa indecisión que ella mostraba. Podemos tomar un desayuno rápido en algún sitio y escuchar tus historias de dolor. Todavía tengo la mañana a mi disposición, después tengo algunos asuntos familiares que atender".

Así que no eres el lobo solitario que imaginaba, ¿también tienes familia? Dita dudó, preguntándose si era prudente ceder tan fácilmente a la exigencia de Raja.

Raja suspiró; la familia no era algo que quisiera discutir con Dita en este momento. Tratemos con tus problemas inducidos por Palash Bose primero y hablemos de mi familia después..." sonó cauteloso y sensato.

Un leve rastro de inquietud se coló en la conversación: Dita se preguntaba por qué Raja era tan reservado sobre su familia. Pero quedó en encontrarse con él en el aeropuerto, preocupada de que desapareciera en espacios personales no revelados si no quedaba con él por la mañana. Ella estaba molesta, pero aceptó.

Arko, que había espiado descaradamente la conversación, tenía unas cuantas preguntas para su hermana una vez terminada. ¿Qué hacía en Delhi?", preguntó. ¿Qué suele hacer además de servirte el té?

Dita se puso inmediatamente a la defensiva: "Sólo me sirvió té una vez", le lanzó a Arko una mirada tímida. No tengo ni idea de lo que hace en realidad; tampoco tengo ni idea de lo que hacía en Delhi".

Arko, a estas alturas tan lleno de comida y pasteles que parecía a punto de reventar, se sumió en un estado de letargo, utilizando sólo una parte limitada de su cerebro para descifrar al hombre misterioso de Dita.

¿Quién es su hermano? ¿Alguna idea sobre su familia? Sabio como pocos, Arko suspiró con incredulidad cuando se dio cuenta de que Dita no sabía absolutamente nada.

El único rayo de esperanza al final de un túnel muy oscuro era que, dado que este hombre entraba y salía de Delhi en avión, no podía ser precisamente un indigente. Quizá sea un agente de la RAW o algo así, tienen su cuartel general en Delhi", conjeturó. Eso explica todo este extraño secretismo". Con los ojos saltones, Dita trató de entender las teorías de Arko.

Esa noche, durante la cena, Dita compartió las ideas de Arko con su madre. Tamali se mostró abiertamente dubitativa: "Arko tiene todo tipo de ideas locas, igual te convence de que Raja es un viajero intergaláctico en el tiempo", resopló.

Arko, sin embargo, estaba convencido de que tenía razón. Sólo espera, Raja tendrá un diluvio de esqueletos saliendo de su armario", predijo.

X

A la mañana siguiente, el comportamiento de Raja en el aeropuerto fue claramente extraño. Al ver a Dita a la salida de la puerta de llegadas, se apresuró a llevarla a un coche que la esperaba. Parecía muy nervioso por algo, se dio cuenta Dita, al notar las líneas de preocupación grabadas en aquel rostro sorprendentemente atractivo. No entendía por qué

Raja parecía tener tanta prisa; por el rabillo del ojo le pareció ver a tres hombres con cámaras que corrían hacia ellos, y a dos mujeres con guirnaldas que intentaban alcanzarlos. Antes de que pudiera darse cuenta de lo que ocurría, el coche consiguió salir sin problemas de la zona de llegadas. ¿Por qué tiene un coche con chófer? se preguntó Dita, mientras las suposiciones de Arko seguían apareciendo en su mente.

Una vez dentro del coche, Raja pareció algo aliviado y sus intensos ojos grises se iluminaron de placer. Han pasado casi tres meses desde la última vez que te vi, ¿verdad? Había tanta sencillez e inocencia en su tono que Dita estaba casi dispuesta a ignorarlo todo. Sin embargo, la curiosidad se apodera de ella. ¿Quiénes eran los que te perseguían? ¿Por qué tienes un coche con chófer? ¿A dónde vamos? Dita miró a Raja con algo parecido a la sospecha.

Raja fingió estar desconcertado, "¿Quién me perseguía?

Esa gente con cámaras, creo que vi a Chirag Mukherjee, el famoso paparazzo", Dita trató de mirar hacia atrás, pero ahora el coche había adquirido tanta velocidad que ni siquiera podía ver la zona de llegada, y mucho menos a la gente que esperaba allí.

¿Por qué me perseguiría gente con cámaras, Dita? No soy Shah Rukh Khan", dijo Raja riendo a carcajadas. En cuanto a este coche, me lo ha enviado mi hermano. Es el coche de su empresa y me dejará en su casa".

Miró a Dita, tratando de averiguar si había sido lo bastante convincente, y añadió: "Si no te importa, me tomaré unos minutos para dejar mi equipaje y luego podremos salir".

Dita le miró atentamente. Había tanta diferencia entre el chico sencillo que había conocido y este joven inteligente y apuesto, que seguía dudando. Arko le había dicho que los agentes de inteligencia eran maestros del disfraz y que podían adoptar diferentes apariencias de forma convincente. Pero eso aún no respondía a la pregunta de por qué la gente corría detrás de él con cámaras.

Las piezas de ajedrez en la mente de Raja estaban indudablemente nerviosas hoy. Recibiendo ondas de ansiedad de Dita, estaban confundidos sobre cómo realizar las siguientes jugadas. Se dio cuenta de que ya había hecho unas cuantas chapuzas en su afán por conocerla; debería haber previsto que la prensa seguramente le seguiría hoy. Hacía dos días que había ganado el Campeonato Internacional de Ajedrez de Delhi, derrotando a uno de los grandes maestros rusos, y un par de periodistas de Calcuta, especialmente Chirag Mukherjee, estaban bastante desesperados por conseguir sus frases sonoras.

Teniendo en cuenta que Dita seguía de cabeza con Palash Bose, Raja no quería divulgar su identidad hasta estar completamente seguro de sus sentimientos por él. En el momento en que se entere de que soy Anuraj Bose hará una investigación exhaustiva y descubrirá que soy el hijo de Palash Bose, pensó Raja sombríamente. La manera perfecta de sabotear cualquier idea romántica. Pero no se rendiría sin luchar, decidió valientemente.

Dita llevaba una modesta túnica blanca de Fabindia, combinada con unas alpargatas azul turquesa de Ria Menorca, y a Raja le resultaba extremadamente difícil apartar los ojos de esta delicada visión. Deja de mirarla", le reprendió Dita cuando salieron del coche y subieron en ascensor al apartamento de Pom.

Sosteniendo la puerta para que Dita entrara, Raja llevó su equipaje al apartamento de Pom. Situado en el piso treinta, tenía una vista pintoresca de la ciudad. Los muebles eran escasos pero reflejaban una tranquila elegancia. Raja debe tener un hermano estupendo, pensó Dita, mientras sus ojos se posaban en un surtido de frutas y cereales colocados en la mesa del comedor, junto a dos jarras de leche fría y té helado de limón, y un pequeño tazón de miel.

Raja envió un abrazo mental a Pom, que obviamente había hecho todo lo posible por proporcionarle el desayuno antes de marcharse a la oficina. Una oportunidad perfecta para hacer de anfitrión", bromeó Raja, pidiendo a Dita que se sirviera la comida y el té.

Dita sonrió con nostalgia. Difícilmente el tipo de té que me serviste en mi primer día de universidad; esto parece tan afelpado, aquello era tan terroso", inconscientemente, se inclinó hacia él, atrapada en aquel dulce momento del pasado. Cuando levantó la vista, y tuvo que levantar mucho la vista, se encontró con aquellos ojos grises hechizantes que se clavaban en su alma. "¿Qué pasa si ahora quiero besarle? se preguntó con irreverencia, ni siquiera podré acercarme a él. Esta imagen mental la convenció de lo absurdo de su deseo de besar a Raja, y se dio la vuelta.

Raja estaba desconcertado por las señales contradictorias que enviaba Dita. En un momento las piezas de ajedrez en su mente bailaban con regocijo ante su mirada de acercamiento, y al siguiente se caían de bruces cuando su humor cambiaba dramáticamente. Así que hizo lo que le pareció una decisión inteligente: retirarse apresuradamente para refrescarse antes de aventurarse a explorar la ciudad.

Dita soltó un suspiro de alivio cuando Raja desapareció, se sentía muy insegura de sí misma; tenía la sospecha acechante de que Raja le ocultaba algo, pero al mismo tiempo su subconsciente parecía instarla a aprovechar el día, sin importarle las consecuencias.

Ya era hora de que dejara de darle demasiadas vueltas a la situación, se reprendió Dita mientras se servía un vaso alto de té helado de limón, le añadía una cucharadita de miel y lo sorbía mirando la ciudad. En algún lugar detrás de las paredes podía oír los acordes de Billy Joel cantando "The Stranger" y Raja silbaba al ritmo de la música. Bastante significativo, observó distraídamente.

La niebla que cubría el paisaje urbano de Calcuta a primera hora de la mañana se disipaba poco a poco, aunque algunas hebras seguían jugando al escondite con la brumosa luz del sol. Desde lo alto de su refugio, podía imaginarse el susurro del viento entre la vegetación mientras la ciudad se preparaba para otro día ajetreado. Un silencio la envolvía, una paz tan profunda que parecía sumergirla en su infinita profundidad y se sentía tan ligera como una pluma flotando sobre la ciudad.

Y entonces el mundo se inclinó sobre su eje. Dos brazos fuertes la levantaban, aquellos ojos grises centelleantes de picardía, la cabeza llena de pelo húmedo aún reluciente de humedad, y ella se fundió en el abrazo. Gotas de agua salpicaron sus mejillas cuando Raja le sacudió juguetonamente el pelo; su risa era un sonido alegre mientras levantaba la cara en una invitación silenciosa.

Raja la miró fijamente durante un momento interminable, antes de abalanzarse para reclamar sus labios con una pasión febril. Los días de ansiedad e indecisión se consumieron en el calor abrasador del abrazo, pero el miedo al rechazo seguía erosionando la confianza de Raja mientras intentaba apartar los oscuros secretos de su identidad. ¿Quién sabe cómo reaccionará esta dama, tan mimosa como un gatito en su abrazo, cuando descubra su verdadera identidad? ¿Tendrá que pagar por los pecados de su padre?

Apartando sin piedad los sombríos pensamientos, se sumergió profundamente en el beso; ella sabía a miel y limón, pensó, mientras mordisqueaba sus labios y saqueaba la boca más dulce. Pom está de nuevo aquí por poder, observó, es su té helado de limón el que da sabor a este abrazo.

Dita tembló bajo la sensual embestida. Los brazaletes de plata que le había prestado Tamali tintineaban enloquecidos contra el vaso que tenía en las manos. El té y Raja juntos significaban maldad: atrapada en su abrazo, el vaso casi resbaló de las manos de Dita, derramando té sobre su kurta. Los fríos riachuelos del alto vaso recorrieron su piel, filtrándose a través de su endeble túnica, haciéndola semitransparente. La miel del té causó más estragos. Eres un desastre pegajoso", susurró Raja mientras le acariciaba la piel.

El hielo de la bebida y el calor de su piel estaban haciendo cosas extrañas al equilibrio de Raja mientras la acomodaba en el sofá. Ella lo atrajo hacia sí, negándose a dejarlo ir. Llevado por el embriagador aroma de la miel, besó con hambre sus labios, su cara y su cuello. Sus manos parecían tener una mente propia mientras exploraban su figura menuda, un curioso manojo de suavidad y calor salvaje que estaba decidido a prenderle fuego. Pom me matará", sintió un repentino remordimiento. Estamos estropeando su sofá".

Cambiemos de posición, entonces. Eres menos pegajoso que yo", dijo ella, empujándolo hacia atrás en el sofá, echándose un poco hacia atrás para disfrutar de la vista. Sus sorprendidos ojos grises la miraron mientras ella le metía suavemente dos dedos pegajosos en la boca. Su cabeza se echó hacia atrás mientras su lengua rodaba alrededor de los melosos intrusos. Vamos a hacer de éste el mejor té de miel y limón que hayas probado nunca, Raja -susurró ella, mordisqueándole las orejas hasta que él se quedó sin aliento. Al sentir la humedad de la túnica contra su piel, sus manos le imploraron que se la quitara; ella volvió a levantar la cabeza, regia como un cisne, mientras contemplaba a su hermoso hijo.

Dita se zafó del abrazo, se levantó, se quitó la túnica con lánguida facilidad y se desabrochó el sujetador; se agachó y levantó al aturdido muchacho: "Hemos hecho un desastre con este sofá, busquemos una cama para hacer un buen lío".

La voz de Raja sonaba ronca incluso para sus propios oídos: "¿Estás segura, Dita?".

"Sí", susurró ella, mientras se fundía con él, con la piel ardiendo de deseo. Nunca mejor dicho.

Raja la levantó con un grito, dirigiéndose hacia el dormitorio, cuando ella murmuró: "¿Quién es Pom?".

Raja se sorprendió ante la pregunta; la miró con franca curiosidad, "¿Por qué?".

Mishti me dijo que alguien llamado Pom está enamorado de mí," ella murmuró mientras cubría el grito de sorpresa de Raja con un beso caliente y exigente.

Lo que queda del día

Los dos hermanos renunciaron a la idea de volver a Phulpukur y se dirigieron a cenar a Park Street. El aire a su alrededor bullía de alegría navideña; las fachadas de las tiendas centelleaban con luces de hadas y los árboles de Navidad decorados a todo trapo se disputaban la atención de los viandantes. Peter Cat, como de costumbre, tenía delante una pequeña cola de comensales expectantes: Pom y Raja esperaban pacientemente su mesa.

Pom se apoyó en uno de los pilares de delante del restaurante y encendió un cigarrillo; sus ojos siguieron el anillo de humo mientras decía: "Mamá nos habría esperado hoy en casa".

Lo sé", Raja apartó la mirada de Pom. Necesitaba aclarar mi cabeza antes de volver a Phulpukur, el comportamiento de Baba en asuntos de la universidad ha estado lejos de ser ejemplar.

Pom sopló otro anillo de humo y esperó más explicaciones de Raja.

Raja alcanzó el cigarrillo de la mano de Pom y trató de soplar un anillo de humo él mismo, "Ahora los dos parecemos Gandalf, cuando él vuelve a la Comarca en El Señor de los Anillos". Raja miró a su hermano afectuosamente, "Gracias por ese desayuno encantador también," sonrió. La única comida que tuve hoy.

Pom permaneció en silencio; siempre había sido como un padre confesor para Raja y sabía que su hermano había tenido un día tumultuoso y sólo quería hablar y relajarse.

Raja miró a Pom especulativamente, "Sabes de alguna manera siempre siento tu presencia entre Dita y yo. Tal vez no lo creas, pero hoy, en medio de todo lo demás, me preguntó: "¿Quién es Pom?

Eso está muy por debajo del cinturón, ¿quieres decirme que ella no me recuerda en absoluto? Pom golpeó las orejas de Raja con ira fingida. Por el amor de Dios, la chica está diezmando mi ego", se rió. Y yo que pensaba que había causado un impacto significativo cuando la conocí".

Nada, nada, ¡nada de nada! Raja alegremente añadió sal a la herida de Pom. Una mirada desconcertada descendió en la cara de Pom. Raja estaba desconcertado, ¿había logrado herir los sentimientos de Pom? ¿Seguro que no?

Pero Pom ni siquiera estaba mirando a Raja, su mirada estaba fija en algo detrás de sus hombros. Raja siguió su mirada; una chica había salido de un enorme todoterreno y se acercaba a ellos con sombría determinación.

"Oh, mierda", fueron las únicas palabras que salieron de la boca de Raja. El ambiente relajado desapareció con la misma rapidez con la que los anillos de humo se habían desvanecido en el aire cuando Mishti hizo entrar a los dos hermanos en el restaurante. El nombre de mi padre es suficiente para conseguir mesa en casi toda la ciudad", explicó Mishti mientras un camarero vestido de hígado les indicaba la mesa.

Supongo que todos querremos los chelo kebabs", informó al camarero, y luego se volvió hacia los hermanos.

Un destornillador", entonaron los hermanos, pues era evidente que Mishti estaba a punto de fastidiarlos.

El aspecto de Mishti hoy distaba mucho de su habitual vestimenta con salwar. Vestida con unos vaqueros negros ajustados y una camisa de seda de estampado animal, con el pelo recogido con un intrincado broche, parecía un felino mortal al acecho.

¿Cómo sabías dónde encontrarnos? Raja estaba perplejo.

Ser la hija de mi padre a veces también tiene su lado bueno", admitió Mishti con recato. Hice seguir a Pom.

Raja se atragantó con su destornillador, Pom balbuceó, pero Mishti parecía imperturbable, contenta y confiada.

Mis hombres han estado siguiendo a Pom durante las últimas semanas", continuó con aire despreocupado, "¡desde que descubrí que Dita ni siquiera sabe quién es! Entonces, me pregunto, ¿aquí hay una chica que no tiene ni puta idea de quién es Pom, y Pom me dice que se casará con ella?". Ella dio

Pom una mirada dura y fría, "¿Quizás te gustaría explicarlo?

Raja se preguntó cómo Pom iba a salir de la tumba de su propia excavación. ¿Sería capaz de decirle directamente a Mishti que no estaba deseando tener vínculos mafiosos en su vida? ¿Sería capaz de decirle eso y salir vivo de este lugar?

Llegaron los chelo kebabs: suculentos bocados de pollo y cordero seekh kebabs sobre un lecho de fragante arroz, cubiertos con cucharadas de mantequilla dorada y huevo frito. Era demasiado bueno para hacerlo esperar y Raja y Pom le prestaron toda su atención, ignorando la pregunta de Mishti.

Al ver que los hermanos no parecían dispuestos a dar explicaciones, Mishti intentó otra táctica. Entiendo perfectamente por qué estás tan enamorado de esta chica, Pom, aunque no sé cuándo ni cómo la conociste. Es absolutamente digna de ser la chica de tus sueños; ¡nunca he visto a nadie defender con tanta valentía lo que cree que es correcto en una habitación llena de viejos zorros! Se detuvo para medir el impacto de sus palabras.

Dos pares de brillantes ojos grises la miraban ahora. En una voz que reflejaba admiración callada, Mishti continuó, "Era un espectáculo para ver, esa niña no cedió ni una pulgada, ella sólo tomó su merecido.

Raja le dio a Pom una mirada significativa, esta debe ser la historia de la reciente animosidad de Dita con su padre. Pom soltó una risita; Raja, por razones obvias, no había podido discutir esos asuntos con Dita. Por el contrario, Dita seguía sin saber nada de Raja.

Ese día aprendí una lección", asintió Mishti con énfasis. Vale la pena luchar por lo que quieres".

Raja, una vez más, sintió que su corazón se llenaba de admiración por Mishti; ella podía tratar de actuar sofisticadamente, pero en el fondo era sólo una jovencita. Raja se inclinó hacia adelante y tomó su mano entre las suyas. Merece la pena luchar por ello", le aseguró.

Las cejas de Pom tocaron el techo: "¿Por qué vas a luchar?" Tuvo la sensación de que ya sabía la respuesta.

Por ti, Pom, sólo por ti", Mishti parecía completamente convencida.

"Adelante, chica", dijo Raja con entusiasmo. Ahora que estamos listos, pidamos el postre", ignoró la mirada furiosa de Pom e indicó al camarero que trajera el menú.

¿Necesitas más bebidas para fortalecerte, Mishti? preguntó Raja con fingida preocupación. Como yo lo veo,

Pom tampoco se irá sin luchar'.

Y como yo lo veo,' Pom le recordó a Raja, 'Baba estaba tratando de arreglarte una cita con Mishti; para cuando lleguemos a Phulpukur, puede que ya tenga una cita en mente para casarlos a ustedes dos,' terminó con suficiencia.

La cara de Raja cayó como un globo pinchado, "Pecados del padre", entonó.

Mishti, sin embargo, no estaba de humor para dejarse vencer. Esta vez, nosotros llevaremos la voz cantante", dijo con rotundidad. Raja parecía desconcertado. ¿Y cómo lo hacemos? Tu padre y el mío son los que mandan en Phulpukur y Diamond Harbour".

Todo este tiempo Pom había estado estudiando las reacciones de Mishti, tratando de determinar la gravedad de sus pensamientos. Supongo que está hablando de subvertir la estructura de poder", reflexionó. ¿Tácticas de guerrilla, tal vez?

Mishti hizo un gesto de confirmación con la cabeza antes de explicar cómo proponía manejar la situación. Algunos de los hombres de mi padre me son leales. En caso de apuro, les pediré que secuestren a Raja y lo retengan en un lugar desconocido hasta que pasemos la tormenta".

Campanas del infierno, pensó Raja. La pesadilla persiste.

Mientras tanto, Pom se reía a costa de Raja, "¡Fantástico! Si realmente puedes lograrlo, ¡estarás privando a dos viejos astutos del mayor placer de sus vidas!

Tiempos difíciles

Biltu abrió las puertas del colegio con el corazón encogido; ahora que las vacaciones habían terminado, estaba realmente ansioso por el próximo curso. La prensa del colegio sabía de buena tinta que se avecinaban cambios y que muchas batallas se ganarían o perderían en la mesa de palisandro del director. Las elecciones al consejo de estudiantes estaban a la vuelta de la esquina y todos en el pueblo las esperaban con gran inquietud.

Palash Bose sabía que su mandato consistiría en garantizar el éxito sin problemas de Shyamol Sathi. Dita no tenía ni idea del drama político que estaba a punto de desencadenarse. En su último destino como profesora a tiempo parcial en un colegio femenino de Calcuta, nadie se interesaba realmente por la política y ella había visto cómo unas chicas obligaban literalmente a otras a presentarse a las elecciones. No tenía ni idea de hasta qué punto iba a estar fuera de juego en las inminentes elecciones de Phulpukur College.

Por cierto, era la primera vez que los estudiantes del Phulpukur College se presentaban a las elecciones; hasta entonces no habían podido hacerlo porque el colegio no tenía un campus propio, requisito indispensable para celebrarlas. Ahora que el campus estaba listo, Raktokarobi y Shyamol Sathi estaban dispuestos a luchar hasta el final. Las pancartas y los manifiestos de los partidos estaban impresos y listos para ser pegados en las paredes recién pintadas. El símbolo del partido de Raktokarobi, con sus adelfas rojas de cinco pétalos en forma de embudo y un follaje verde de hojas lanceoladas, competía por el primer puesto con el logotipo de Shyamol Sathi, un trébol verde sobre un fondo blanco, cuyas cuatro hojas representaban la fe, la esperanza, el amor y la suerte.

A Dita le desconcertaba la idea de que los candidatos colocaran sus carteles en cualquier espacio disponible del colegio. De ninguna manera. No puedo permitir que desfiguren las paredes del colegio con sus feos carteles. Los candidatos que se presenten pueden ir a hablar con los alumnos en cada clase. Eso debería ser más que suficiente".

Alok, que conocía la realidad de estas elecciones, prefirió discrepar. No atienden a razones cuando se les incita en nombre de la política. Los límites del respeto entre un profesor y un alumno se erosionan irremediablemente en el calor del momento".

Sahana también estaba preocupada. Se comportan como fanáticos. Los he visto en acción, es muy peligroso", advirtió a Dita. Ten mucho cuidado con las decisiones que tomas'.

Dita dio instrucciones a Alok para que emitiera un aviso pidiendo a los alumnos que se abstuvieran de pegar carteles en las paredes. Luego se centró en asuntos más urgentes y valiosos: la universidad había solicitado varias asignaturas nuevas para el curso de licenciatura, entre ellas inglés.

El reto consistía en que, cuando los expertos en la materia de la Universidad de Calcuta vinieran a comprobar si el colegio contaba con los recursos adecuados para impartir el curso, era esencial disponer de una buena reserva de libros sobre las distintas asignaturas en la biblioteca. Desgraciadamente, ese era el escollo más evidente para su colegio: no había biblioteca y no había libros. Tratando de sortear este problema, Dita había traído una parte importante de su propia colección de textos literarios. Esta mañana se dedicó a borrar su nombre de la mayoría de ellos; pensaba donarlos a la universidad.

X

Dita miró por la ventana y vio a Bob Banerjee y a su equipo de actores llegando con su equipo. Tres de las estrellas más populares de la productora de Bob rodarían hoy sus escenas, según le había informado Tamali. Apartando los libros, Dita fue a reunirse con su madre mientras se preparaban las tomas.

Tamali señaló a Dita a los tres carismáticos actores que arrasaban en audiencia para la serie web de Bob. Mientras Dita los admiraba desde lejos, Tamali se sorprendió al ver que Biltu colocaba una silla roja de plástico a su lado. Una elegante mujer se acercó a ellos. Iba vestida con un sencillo sari de algodón rojo y blanco, llevaba el pelo recogido con un cordón de jazmines frescos, que enmarcaba un rostro de inusitada belleza; Tamali notó que caminaba con una ligera cojera.

Cuando Hemlata sonreía, la sonrisa iluminaba sus ojos. No había podido controlar su emoción cuando se enteró de que Rahul Sen, Prithvi Thakur y Dhruv Mukherjee iban a rodar hoy y, como fan incondicional, no podía dejar escapar esta oportunidad. También había reconocido a Tamali, y su característico bindi rojo le daba un toque de calidez a su rostro mientras esperaba al margen.

Namoshkar, soy Hemlata", se presentó a Tamali. Su bengalí no era perfecto, pero pronunciado en un tono cadencioso, era agradable. Tú debes de ser Tamali Roy. Te he visto en tantos papeles que tu cara es la más familiar entre esta multitud. Es un placer conocerte en persona".

La sonrisa de Hemlata era tan sincera, tan genuina, que Tamali se sintió inmediatamente atraída por esta mujer tan atractiva. Me alegro mucho cuando la gente me dice que se acuerda de mí, incluso por mis papeles secundarios", le confesó Tamali a Hemlata, que instintivamente le cogió las manos con el tintineo de sus brazaletes, que sonaban como una alegre nota de aprobación. Me hace sentir bien conmigo misma, ¿sabes?

Hemlata se sentó en la silla de plástico, a veces le dolían las piernas si permanecía mucho tiempo de pie. Me gusta mucho tu trabajo, Tamali, tus espectáculos han sido a menudo como un salvavidas para mí", se miró las piernas, ocultas bajo los pliegues de su sari. Como no puedo correr tanto, me paso la mayor parte del tiempo en casa, leyendo mis libros o viendo alguna que otra serie web".

La mirada de Hemlata se desvió hacia Dita y le siguió otra deslumbrante sonrisa. Algo cambió en el subconsciente de Dita, un reconocimiento no reconocido, una fugaz sensación de familiaridad, mientras observaba a la elegante mujer de ojos grises. Tú debes de ser Dita, he oído hablar mucho de ti", dijo Hemlata con suavidad. De hecho, no dejo de oír hablar de ti, día tras día".

Dita estaba desconcertada, ¿por qué Hemlata seguía oyendo hablar de ella, era tan popular en Phulpukur? ¿O impopular?

Ajena a la inquietud de Dita, Hemlata continuó: "Me gustaría donar también algunos libros, por si le sirve de ayuda. Tengo muchos sobre filosofía e historia".

Dita sintió curiosidad: "Perdona si me he perdido algo, pero ¿cómo sabías que íbamos a solicitar becas de historia y filosofía?

Vaya, qué descuido", se disculpó Hemlata. Sé mucho de esta universidad porque mi marido es el presidente del consejo de administración".

Dita se quedó sin aliento. Aquella hermosa mujer estaba casada con aquel viejo zorro. Parte del entusiasmo que había experimentado al conocer a Hemlata se disipó ante la mención de Palash Bose. Pero si la señora quería ayudar, ¿quién era ella para negárselo? Dita se excusó cortésmente con el pretexto de que tenía una clase que dar y se alejó.

Hemlata sonrió con pesar a Tamali: "No hay amor perdido entre esas dos, y sé lo difícil que puede ser Palash a veces".

Tamali sonrió: "¡Mi hija también es testaruda! Deja a esos dos a su aire y concéntrate en esos tres guapos de ahí. ¿Te gustaría conocerlos?

Por supuesto", dijo Hemlata. Voy a llamar a Mishti, ¡le encantaría conoceros! Tienes una fan incondicional".

Tamali asintió: "Creo que la conocí una vez; es una chica muy entusiasta".

Los tres jóvenes se acercaron contentos cuando Tamali les hizo señas; Bob estaba ocupado arengando a su equipo de cámara, así que los tres actores estaban perdidos. Hemlata le hizo señas a Biltu para que trajera más sillas. Es un campus muy elegante para ser un pueblo. No me lo esperaba tan grande", observó Dhruv. Bob está tan contento con el lugar que no se decide en cuál de sus sitios favoritos quiere empezar a rodar hoy".

Prithvi, mientras tanto, miraba embelesado a Hemlata. ¿Por qué apreciar el campus sólo cuando estoy en presencia de gente tan guapa?

Tamali se rió, mientras Hemlata se sonrojaba. "¡Siempre coqueta, Prithvi!".

Rahul se acomodó junto a Hemlata. Pero, ¿por qué no puede decir que es hermosa, cuando es tan obviamente impresionante? La belleza está en los ojos del que mira, ¿no?", añadió, dirigiendo a Hemlata una mirada franca.

Hemlata no recordaba la última vez que Palash la había mirado con aprecio en los ojos o había comentado su belleza; era un hombre totalmente práctico y ella no era más que un elemento fijo en la rutina diaria de su vida y una madre para sus hijos. Hacía mucho tiempo que se había reconciliado con su destino y no se había quejado ni una sola vez. Esta tarde, sin embargo, se sentía bien siendo el centro de atención, por muy artificioso o falso que fuera, sintiéndose feliz por un momento fugaz y sin tener una preocupación en el mundo más allá de este círculo de alegría.

Bob se unió al grupo, tras haber ultimado los detalles de la sesión. Mirando con descarado entusiasmo a Hemlata, preguntó: "¿Quién es esta encantadora dama a la que no me han presentado?".

Qué dramáticos sois todos", se rió Hemlata. Pero me habéis hecho sentir tan bien. Coquetear por primera vez a esta edad madura parece hacer maravillas. Me alegro mucho de haberos conocido hoy. He sido una fan incondicional durante mucho tiempo, y ahora por fin os conozco detrás de la gran pantalla; ¡sois mucho más divertidos de lo que esperaba! ¿Y sin rabietas de estrellas?

Rahul puso un gesto dramático de decepción. La parte del león de las rabietas en este equipo es para Bob. Todos estamos tan pendientes de su ego que no tenemos tiempo para nosotros".

"¡Ingrato! Bob persiguió a Rahul, rugiendo con pique fingido. El grupo se dispersó en una oleada de buen humor; la toma estaba lista y la cámara dispuesta a rodar.

Hemlata retuvo a Tamali unos segundos: "¿Sería mucha molestia pedirles autógrafos a todos? Me encantaría tenerlos como recuerdo de esta tarde y compartirlos con Anupam y Anuraj".

Tamali se sintió conmovida: mientras que los fans pedían autógrafos a los actores populares y a Bob con regularidad, muy pocas veces se acercaban a ella; Hemlata pidiéndole un autógrafo también parecía un gesto tan considerado.

Por supuesto", dijo Tamali con alegría. Me ocuparé de ello", y luego, por curiosidad, preguntó: "¿Quiénes son, Anupam y Anuraj? ¿Quieres que Prithvi, Rahul, y Dhruv escriban algún mensaje específico para ellos?

Es para mis hijos", respondió Hemlata. Se alegrarán de ver que he conseguido autógrafos de actores que me encantan. Mis hijos me hacen compañía a veces, pero no son ávidos espectadores".

Durante las siguientes dos horas de rodaje, los nombres de los hijos de Hemlata siguieron flotando en la conciencia de Tamali: no dejaba de preguntarse qué era exactamente lo que estaba intentando averiguar; el bermellón de su bindi empezó a palpitar como el proverbial tercer ojo, y estaba segura de que se estaba perdiendo algo.

Anupam y Anuraj.

Hemlata estaba casada con Palash Bose.

Anupam Bose y Anuraj Bose.

Ella había oído el nombre Anuraj Bose mencionado en alguna parte. ¿Pero dónde?

Levantó la vista, una de las cámaras enfocaba su cara. A unos metros de distancia, Bob miraba atentamente la pantalla de un monitor.

Las sombras se movían y se dispersaban, y entonces las piezas del rompecabezas fueron encajando poco a poco. Por supuesto. Había visto ese nombre en la pantalla de televisión; varios presentadores y lectores de noticias lo habían mencionado.

Anuraj Bose. El prodigio del ajedrez.

¿Era el hijo de Hemlata?

Casa Desolada

Utpal no daba crédito a lo que veía: el director había colocado un aviso que restringía la colocación de carteles electorales en el interior del campus, lo que a Utpal le parecía una violación de los derechos constitucionales. Sin saber cómo reaccionar, sacó el teléfono del bolsillo y marcó el número de Arshad Ali.

Arshad era uno de los representantes del alto mando de Raktokarobi; la paciencia nunca había sido su fuerte y, por eso, cuando Utpal le llamó para resolver el asunto de los carteles de campaña, sus instintos de gatillo fácil se dispararon.

¿Cómo puedes dejar que esta mujer lleve la voz cantante? No tiene ni idea de cómo se celebran las elecciones estudiantiles".

Dita, señora, suele ser muy neutral y sensata", razonó Utpal con Arshad. Nos ayudó mucho en el caso de Seema, ¿recuerdas?

Arshad seguía sin estar convencido. Shyamol Sathi tiene una presencia más fuerte que nosotros, no van a acatar las restricciones mezquinas del director. Tenemos que actuar antes de que entren por la fuerza y coloquen sus carteles por todas las paredes de la universidad.

Esta mujer es la raíz de todos los problemas aquí", continuó Arshad. No podemos permitir que interfiera en todos los asuntos. Deténganla hoy cuando salga de Phulpukur. Deja que la haga entrar en razón".

¿Detenerla? repitió Utpal estúpidamente; sus agitados dedos encontraron un pequeño agujero en la manga de su deshilachada camiseta roja y empezaron a tirar de ella con silenciosa inquietud.

Sí, sí", dijo Arshad con impaciencia. Enviaré a algunos de mis hombres a tu universidad con un coche. Tú encárgate desde allí y llévala a la oficina de nuestro partido en Maniktala. Yo te esperaré allí".

Pero, Arshad, eso es como un secuestro", chilló Utpal; el agujero de la manga se abrió mientras sus dedos alarmados se clavaban inconscientemente en la tela deshilachada.

Baja la voz", respondió irritado. No es un secuestro; le haremos comprender el error de sus actos y la dejaremos marchar. No hace falta que pierdas el sueño por esto".

Utpal estaba en un dilema-Arshad era un hombre de recursos intelectuales limitados y habilidades desagradables ilimitadas. Aunque estaba obligado a seguir los dictados de Arshad, Utpal no estaba convencido de la viabilidad de un plan tan sospechoso.

Sin que Utpal lo supiera, las cosas se le iban a escapar de las manos, porque a unos metros de distancia, fingiendo estudiar el tablón de anuncios y echándose impacientemente hacia atrás el pelo grasiento, estaba Rajeev, el autoproclamado líder estudiantil de Shyamol Sathi. Había espiado a hurtadillas y se había acercado a

Utpal, que estaba enloquecido y gritaba literalmente por teléfono, por lo que no fue muy difícil averiguar qué tramaban Arshad y él.

En cuanto Utpal desapareció en el césped más allá de la oficina, agitando los brazos con desesperación, Rajeev corrió a un aula vacía, marcó el número de Palash y repitió rápidamente lo que había oído.

Palash se quedó perplejo. ¿Recogerla? No es un saco de patatas que vayan a recoger cuando quieran. Además, es una mujer muy difícil. Si ha decidido no obedecer, se resistirá", añadió Palash, mientras recorría de arriba abajo su pequeña biblioteca. No podemos dejar que Raktokarobi nos intimide de esta manera, tendremos que contrarrestar su movimiento, detener sus descabellados planes.

El gherao parece ser la única solución", continuó Palash en tono contemplativo, como si estuviera sopesando los pros y los contras de la situación. ¿Tienes suficientes estudiantes para organizar un gherao, Rajeev? Tendrás que actuar rápido y coger a todo el mundo por sorpresa; nadie debe salir del campus de la universidad".

Rajeev apoyó la idea con entusiasmo. Mis chicos estarán listos para actuar en cualquier momento, señor, y les pediré que sean discretos'.

Será fácil organizar el gherao y montar los piquetes en el campus", reflexionó Palash. Afortunadamente, la universidad sólo tiene un punto de entrada o salida, así que sólo tendrás que cerrar la puerta principal del campus. Pide a tus chicos que se preparen para mantener la puerta cerrada durante un par de horas como mínimo. Hazlo lo antes posible. Esto sabotearé totalmente los planes de Arshad y si Dita cede a las demandas de tu partido, Shyamol Sathi será el ganador indiscutible en las próximas elecciones".

"Brillante plan, señor", Rajeev estaba entusiasmado. "¿Qué demandas debemos hacer?

Pide a las autoridades de la universidad que te permitan colocar tus manifiestos; pídeles que te dejen tiempo suficiente durante las horas de clase para hablar con los estudiantes y aconsejarles a tu favor", aconseja Palash. Estoy seguro de que Dita no accederá, al menos al principio, así que prepárense para un largo gherao. Aseguraos de que tenéis suficiente comida y agua, puede que también os pidan que proporcionéis lo esencial dentro". Palash reiteró las reglas básicas: "No dejarás que la violencia se inmiscuya en ningún momento. Y mantenedme informado".

Rajeev, con la cabeza repleta de instrucciones para ejecutar de inmediato, corrió a reunir a sus tropas a su alrededor; mientras tanto, Palash, que había sonado muy confiado durante la conversación, estaba hiperventilando internamente; rezaba para que las cosas salieran bien y no fuera una protesta problemática. Pero, por desgracia, no había tenido en cuenta la poca fiabilidad de su propio temperamento.

Resultó que tanto el destino como la familia estaban en desacuerdo con él.

Así como Rajeev había espiado la conversación de Utpal, también Raja había sido un espectador silencioso de la conversación de su padre mientras Palash estaba ocupado formulando sus planes con el líder estudiantil Shyamol Sathi. Raja había ido a la biblioteca de Palash en busca de una copia de Mis 60 partidas memorables de Bobby Fischer. La biblioteca estaba en un rincón apartado de la casa donde los demás miembros de la familia rara vez se aventuraban. Raja estaba sorprendido y alarmado por la forma en que su padre intentaba microgestionar un gherao.

Eres absolutamente incorregible, lo sabes, ¿verdad? ¿Acabas de aconsejar a un joven que organice un gherao? Raja apenas podía ocultar la condena en su voz.

Ya que oíste tanto de la conversación, debes haberte dado cuenta de que esta era la única manera en que podríamos haber evitado que Raktokarobi se llevara a Dita Roy y la obligara a Dios sabe qué? Ese tipo Arshad no es de fiar en absoluto'.

"No", Raja fue firme. Esta no era la única salida. Podrías haber llamado a Dita y advertirle en vez de convertirlo en un proyecto político para conseguir publicidad barata para Shyamol Sathi. Si no se puede confiar en Arshad, tampoco se puede confiar en el político Palash Bose", dijo Raja con evidente desaprobación. Creo que deberías llamar a Rajeev y detenerlo antes de que las cosas se salgan de control. La política estudiantil es volátil en el mejor de los casos, ¡nunca se sabe dónde puede terminar todo!

Palash miró a Raja con irritación mal controlada. Los planes ya están en marcha, no se pueden detener ahora. No tengo ninguna intención de retractarme. Sabotear mis planes es lo que te sale naturalmente, por razones que nunca he podido comprender; nunca se te han ocurrido alternativas o soluciones más viables. Guárdate para ti tu desaprobación, no tengo ni tiempo ni ganas de escuchar tus arengas".

Raja se sintió picado por la evidente animosidad. ¿Qué alternativas podría haberte dado? ¿De qué estás hablando?

Palash ya estaba saliendo de la biblioteca, pero la pregunta de Raja lo hizo detenerse en seco. Te das cuenta, ¿no?, de que si voy a competir por el puesto de alcalde necesitaré un fuerte apoyo político. Ahora mismo, no puedo sentarme y dejar que Raktokarobi dicte las condiciones de las elecciones estudiantiles; es una maniobra política y debe responderse en una plataforma política, ¡y eso es lo que estoy intentando hacer! Necesito ganar esta ronda porque entre tú y Pom habéis saboteado mis posibilidades de una alianza con Girish Sarkar. ¡Si tuviera ese apoyo no tendría que buscar facciones más pequeñas para apuntalarme! Girish habría sido de gran ayuda".

Rígido de ira, Palash acumuló más recriminaciones contra Raja. No eres más que un mocoso egoísta, ocupado con tu propia carrera en el ajedrez. Podrías haber considerado a Mishti como un buen partido para ti también, ya que Pom obviamente no estaba interesada; pero no, ¿por qué querrías ayudar a tu padre?

Raja se sintió sorprendido por este ataque visceral. "Pero casarme con Mishti nunca fue una opción para mí", murmuró. 'Ya me gustaba otra persona'.

Ante la mención de este aparentemente desconocido alguien más, Palash sintió que el mundo a su alrededor ardía en llamas de rabia; incapaz de controlar su furia por más tiempo, salió corriendo de la habitación, cerró la puerta con un sonoro golpe y la atrancó. Todas tus opciones están ahora en mis manos", rugió, agitando los puños en el aire. 'Déjame ver cómo te ayuda este otro'.

Mientras oía los pasos de Palash alejándose cada vez más por los pasillos, Raja se dio cuenta con horror de que su padre lo había encerrado en una habitación que muy poca gente visitaba, y ni siquiera tenía un teléfono para pedir ayuda a Pom.

Secuestrado

Mishti saltó del coche, casi tropezando en su prisa por llegar al lugar del rodaje. Pero espera, ¿qué eran esas pancartas de colores ondeando al viento, un mar de cabezas negras arremolinándose unas contra otras frente a la puerta de la universidad? Los eslóganes que ensalzaban la libertad de expresión ondeaban cacofónicos en el aire perezoso de la tarde, despertando a todos los que estaban a su alcance de su habitual apatía siestera. La incomprensión le nubló la vista. ¿Qué estaba ocurriendo?

De repente, dos fuertes brazos la arrastraron hacia atrás y le vendaron los ojos; alguien le metió un trozo de tela en la boca antes de que pudiera gritar de desesperación. La levantaron sin contemplaciones y la metieron en un vehículo que la esperaba. El motor se puso en marcha.

Llama a Arshad y dile que tenemos a la chica", dijeron con voz igualmente áspera las manos que la sujetaban. "Pero no tenemos a Utpal, creo que se ha quedado encerrado".

Arshad estaba en el altavoz, gritando: "¿Por qué alguien querría encerrar a Utpal? ¿Qué coño está pasando?

Intervino otra voz, tratando de explicar la situación: "Se está produciendo un gherao en la universidad. Los seguidores de Shyamol Sathi han cerrado las puertas y protestan por algo. Muchos estudiantes y profesores están encerrados dentro, creo que Utpal también. Parece que le han pillado por sorpresa, no ha conseguido salir".

Hubo una breve pausa mientras Arshad procesaba esta información. ¿Alguien te vio recoger a Dita Roy? Acabas de decir que había bastante gente delante de la puerta principal, ¿os vio alguien coger a esta mujer?".

"En absoluto", la voz áspera era brusca. Todos los ojos estaban puestos en la puerta de la universidad, nadie estaba interesado en lo que estaba sucediendo en el lado opuesto de la carretera. Ya estamos en camino... llegaremos a Maniktala dentro de una hora más o menos".

Arshad parecía satisfecho y la conversación terminó.

La mente de Mishti resonaba con gritos silenciosos. Suéltenme, suéltenme, malditos idiotas, no soy Dita Roy". Se sacudió en el asiento del coche, tratando de hacer evidente su furia. Al ser completamente ignorada por sus captores, continuó con su despotricar vengativo y retributivo, pero amortiguado. Esperad, esperad, zoquetes. No sólo os habéis equivocado de chica, sino que habéis cogido a una hija peligrosa. En cuanto mi padre se entere, os va a hacer picadillo".

Pero entonces, pensó con tristeza, ¿quién va a informar a mi padre?

X

Jai tenía un poco de prisa, tenía que hacer algunos recados para Girish. Después de dejar a Mishti cerca de la universidad, dio marcha atrás y se quedó atascado en medio de una multitud de estudiantes que corrían hacia la puerta de la universidad. Bajó la ventanilla y se asomó para ver qué pasaba. Muchachos y muchachas se agolpaban con pancartas de Shyamol Sathi, banderas blancas con hojas de trébol verde lima entrelazadas, y sus rostros brillaban de entusiasmo mientras se unían a los rítmicos cánticos que se oían en el aire. Mientras se agrupaban en torno a la puerta del colegio, la carretera empezó a despejarse y, a través de los huecos escalonados, Jai creyó ver algo muy extraño. Justo al otro lado de la carretera, dos hombres obligaban a una chica a subir a un coche; a juzgar por su ropa, la chica parecía ser Mishti.

El pánico se apoderó de Jai mientras intentaba abrirse paso entre la multitud, con el claxon a todo volumen. La muchedumbre que tenía delante empezó a mirarle mal, negándose a moverse e ignorando los urgentes toques del claxon; Jai observó con incredulidad cómo su coche era rápidamente engullido por una ola humana. Sin saber qué hacer, apagó el motor, cogió el teléfono, marcó el número de Mishti y esperó ansioso. Después de todo, tal vez no fuera Mishti a quien había visto metida en un Toyota Innova negro. El teléfono sonaba al otro lado... seguía sonando, pero no contestaban. En plena alerta de pánico, Jai marcó el número de Girish.

X

Por más que intentaba concentrarse en el rodaje de Now and Again, una sensación de inquietud se apoderó de Hemlata. Por el rabillo del ojo se percató de que había cierto alboroto en torno a la puerta principal del campus. Antes de que su mente pudiera siquiera empezar a procesar lo que estaba ocurriendo, las puertas de hierro se cerraron con un sonoro estruendo y unos gritos alborotados rasgaron el aire tranquilo de la tarde. Hemlata se sobresaltó cuando unos gritos frenéticos rompieron el silencio que se había instalado en el campus: "¡Dita Roy, hai hai! ¡Hai hai, Dita Roy! Inquilab zindabad! Voces fanáticas echaron leña a la furia, ciegamente exigentes e irrazonables: '¡Abajo la opresión desvergonzada! Libertad de expresión para todos, es nuestro derecho constitucional'.

Bob y su equipo parecían una unidad convertida en piedra; los disparos se detuvieron sin orden explícita de nadie; todo el mundo se volvió hacia la conmoción con incredulidad. En ese momento, una multitud considerable se había reunido en torno a la verja; pancartas con hojas verde lima desplegaban su beligerancia y levantaban la cabeza más allá de las verjas de hierro. Era evidente para todos los que se encontraban dentro del recinto que habían sido encerrados, y que podría pasar mucho tiempo antes de que se resolvieran las diferencias y pudieran volver a casa.

Todos los que conocían a Dita sabían sin lugar a dudas que no cedería tan fácilmente a las exigencias de Shyamol Sathi y que lucharía hasta el amargo final;

hasta entonces, todos estarían en animación suspendida.

Hemlata intentaba averiguar la razón de la enorme afluencia de partidarios de Shyamol Sathi, pero tenía la persistente sospecha de que no podía haber sido planeada y ejecutada por simples líderes estudiantiles; este gherao tenía el sello distintivo de un cerebro, y no dudaba de su identidad.

Palash Bose contestó al teléfono al segundo timbrazo y se desató el infierno. La normalmente amable y tolerante Hemlata estaba furiosa. ¿Sabes lo que has hecho? Es evidente que has ordenado este gherao en la universidad de Phulpukur. No lo niegues, ¡no te creeré! Y junto con muchas otras personas desprevenidas en el campus, me has encerrado a mí también'.

Palash estaba perplejo. Había notado la ausencia de Hemlata aquella mañana, pero como había dicho que iba a visitar a Radha, había llegado a la conclusión de que había ido allí. Por la mañana había estado demasiado ocupado como para pensar mucho en ello. ¿Qué haces exactamente en la universidad, Hemlata? ¿Y se suponía que yo debía saber que estarías allí?

Hemlata replicó: "¿Desde cuándo te interesa lo que hago? Estás ocupada en tu propio mundo maquiavélico. Algo tan trivial como venir a ver el rodaje de una serie web no captaría tu imaginación, ¿verdad?

Dios mío, pensó Palash, eso es lo que hace la vieja hoy en día, correr hasta el campus de la universidad para pillar a Bob y a su equipo rodando; pero ahora va a ser una situación sin salida para mí, gimió, Hemlata querrá que cancele el gherao, lo que obviamente no podré hacer, al menos no en esta coyuntura.

Tenía toda la razón. Será mejor que hagas algo al respecto de inmediato, Palash. Seguro que no esperas que espere

hasta que los estudiantes levanten el gherao".

¿Y qué se supone que debo hacer exactamente?

Llama a tus matones. Hay una gran multitud de gente ahí fuera, y estoy seguro de que no todos son estudiantes, también debe haber trabajadores del partido Shyamol Sathi. Llámalos antes de que las cosas se salgan de control.

Las cosas ya están fuera de control", Palash sonaba contemplativo. La presencia de Bob en el campus significa que este gherao atraerá mucha atención no requerida. El tonto de Rajeev no me lo dijo. Y Hemlata, pienses lo que pienses, yo no soy el todo y el fin de todo, hay muchas cosas que están totalmente fuera de mi control".

No eres más que un miserable al que le encanta causar problemas a la gente y luego te lavas las manos alegremente", se enfadó Hemlata. Había invitado a Mishti a acompañarme al lugar del rodaje, pero la pobre chica debe estar atrapada en algún lugar de ese estúpido gherao y ni siquiera contesta al teléfono. Todo esto es culpa tuya".

Mientras Hemlata se dedicaba a recriminar a Palash, sin que ellos lo supieran, se estaban produciendo acontecimientos de una magnitud inimaginable que se sumaban al dilema en el que ya se encontraban.

X

El personal de la oficina se dirigía hacia el despacho del director con expresión abatida y algo furtiva. Casi todos eran partidarios encubiertos de Shyamol Sathi, así que no tenían mucho que decir, aparte de expresar su malestar ante la perspectiva de ser retenidos en el colegio durante un periodo indeterminado. Los profesores expresaron más su descontento: Dita pudo oír a Sahana gritar a Pinku por teléfono, pidiéndole que diera un paso al frente y detuviera el gherao.

Gritarle no va a arreglar las cosas ahora', intentó apaciguar Dita a Sahana. La multitud que se ha reunido en nuestra puerta principal no se dispersará tan fácilmente, tienen un mandato que seguir, supongo'.

Los profesores hicieron una sugerencia: "¿Por qué no llamamos a la policía para que dispersen a la multitud?".

'Ahora mismo, incluso eso podría no ser una buena idea', ofreció Alok vacilante. Si la policía entra e intenta dispersar a los estudiantes por la fuerza, algunos de ellos podrían oponer una resistencia activa y resultar heridos. Un incidente así iría definitivamente en contra de la autoridad de la universidad, que sería vista como en connivencia con la policía para acosar a los jóvenes".

Alok tiene razón", dijo Sahana. Y si algún estudiante resulta herido, lo convertirán en un mártir y seguirán pidiendo justicia. Es mejor esperar y dejar que lleguen a una solución razonable".

Dita asintió distraída. Así que esperaremos. Pero, ¿y los estudiantes? ¿Cuántos de ellos están atrapados en el campus con nosotros? También le preocupaban otros pensamientos: Tamali y todo el equipo de Bob también estaban encerrados, Arko estaría solo esta noche. Difícilmente un pensamiento reconfortante. Incluso Raja no respondía a sus llamadas, se preguntaba qué pasaba.

Parece que la mayoría de los estudiantes ya se han ido para unirse al grupo de Shyamol Sathi", observó Dipten. Los que quedan dentro son unos cuantos desventurados partidarios de Raktokarobi y otro puñado de chicos apolíticos a los que les importa un bledo si Shyamol Sathi y Raktokarobi se enfrentan a muerte".

Reúnelos y tráelos a mi despacho', ordenó Dita. Tengo que asegurarles que aquí están a salvo con nosotros".

Mientras Dipten salía a convocar a los estudiantes, Alok se dirigió a la cantina de la universidad para ver si podían proporcionarles algunos aperitivos y bebidas que les fortalecieran para la larga espera que les esperaba. Bob y su equipo ya habían recogido. ¿A quién le importa el drama de la pantalla cuando en la vida real ocurren tantas cosas? rió Bob mientras compartía pakoras y té con sus actores y técnicos.

Dhruv rebuscó en los almacenes de la cantina para averiguar si tenía provisiones suficientes para la inesperada multitud que ahora estaba prisionera en el campus.

Si tienen dal y chawal, podremos hacer khichri y pasar la noche", bromeó Prithvi mientras Rahul, una de las estrellas más rentables del reparto estelar de Bob, y Tamali miraban con expresión sombría.

Dita es un hueso duro de roer", dijo Tamali con mal humor. Será mejor que empieces a planearlo todo para mañana, tarde y noche, y Dios sabe cuántas veces más".

Un estudiante que estaba tomando el té en la mesa de al lado empezó a atragantarse con la comida, emitiendo jadeos estrangulados.

"¿La señora Dita sigue en el campus?", balbuceó.

Las cabezas se giraron, mirándole con curiosidad. 'Por supuesto', fue la respuesta de varias voces.

El chico los miró horrorizado y salió corriendo de la cantina como un gato chamuscado. Una vez fuera, marcó el número de Arshad Ali con mano temblorosa. ¿A quién has llamado?", gritó. Porque obviamente no es Dita Roy. Acabo de comprobar que está en el campus".

En ese momento, Arshad podría haber matado felizmente a Utpal; el chico no estaba en ninguna parte cuando se le necesitaba, y ahora llama con esta esclarecedora pieza de información de que se las han arreglado para recoger a la chica equivocada.

Entonces, ¿quién coño era la chica que habían recogido? se preguntó Arshad.

El Padrino

Todos los caminos conducen a Roma, dice el refrán, pero hoy ha sido una excepción: todos los caminos conducían a Palash Bose en Phulpukur. Se encontró inundado de llamadas y en el extremo receptor de recriminaciones volátiles, lágrimas sentimentales, amenazas furiosas y hostilidad descarada, enfrentándose a una gama de emociones en cuestión de unos pocos minutos trascendentales.

Todo empezó con una furiosa llamada de Girish Sarkar. Palash, no sabía que, además de todo lo demás, también alucinas".

Palash no sabía cómo responder a esta acusación, así que esperó pacientemente a que le siguiera la bronca. Sabía muy bien que con Girish no tenía sentido entrar en ninguna línea de discusión.

Tus incompetentes matones han secuestrado a Mishti, supongo que lo sabes. Aunque por mi vida que no puedo entender ¿por qué? ¿Desde que casi se la ofrecí a tu hijo en bandeja?

¿Qué? Palash no podía confiar en sus oídos. No tenía sentido.

¿Por qué iba yo a querer secuestrar a Mishti? Su corazón se hundió en la boca del estómago mientras se esforzaba por encontrar explicaciones probables. Tratando de estabilizar el temblor irrazonable de la mano que sostenía el teléfono, Palash luchó por controlar las oleadas de pánico que amenazaban con envolverlo.

Girish no estaba de humor para escuchar a Palash. Iba de camino a la universidad porque Hemlata la había invitado a unirse a ella en el rodaje de Bob Banerjee. Obviamente, usted y su esposa colaboraron en el plan de secuestro".

Fuera de sí por la furia, Girish no se detuvo. Si cree que puede chantajearme para que apoye sus campañas electorales, debo decirle que ésta no es la forma de hacerlo", le espetó Girish. Devuélveme a mi hija inmediatamente o me encargaré de que no sólo no puedas presentarte a las elecciones, sino que te denunciaré en los medios de comunicación y te humillaré hasta tal punto que nunca más podrás volver a aparecer en público".

Intimidado y alarmado, Palash empezó a sudar frío cuando marcó el número de Rajeev, pero Rajeev estaba inmerso en la marea de eslóganes y pancartas, y los manifestantes chillaban como banshees dementes, así que no oyó la llamada de Palash.

La desesperación hace cosas raras a la gente. Cuando Rajeev no respondió a su llamada, Palash sacó el número de Utpal de su guía telefónica: había guardado el número de Utpal por si alguna vez necesitaba ponerse en contacto con el líder de la oposición.

Utpal contestó inmediatamente. Palash kaka, no te vas a creer lo que está pasando aquí, es como si se hubiera desatado el infierno y el diablo y su compañía infernal estuvieran en la puerta de la universidad, a por la señora Dita". Sonaba tan alto como una cometa.

Palash cortó su histrionismo. Escúchame bien, Utpal. Sé que planeabas secuestrar a Dita", se oyó un dramático grito de sorpresa al otro lado. '¡Obviamente no pudiste hacerlo debido al gherao! Pero entonces, ¿abortaron su plan, o siguieron adelante y secuestraron a una chica cualquiera de las calles?

Utpal tragó saliva. ¿Cómo se las había arreglado Palash para enterarse de la situación?

Los chicos de Arshad han recogido a una chica. Yo no estaba allí, no tengo ni idea de quién es", admitió abatido.

Malditos imbéciles, ¡habéis recogido a la hija de Girish Sarkar! Dile a Arshad que está fuera de su profundidad aquí. Girish es el padrino de la mafia de Diamond Harbour, ¡os despellejará vivos a todos! Devolved a la chica tan rápido como podáis mover vuestros miserables culos, no os demoréis ni un minuto", Palash descargó su frustración sobre el atónito chico, que ahora estaba demasiado asustado para moverse, y mucho menos para trazar planes para el regreso sin problemas de Mishti.

Dejando que Utpal pensara cuál era la mejor manera de afrontar la situación, Palash centró su atención en las otras llamadas que recibía. Se dio cuenta de que tenía cinco llamadas perdidas de Pom, respondió a la sexta llamada. ¿Dónde está el fuego, Pom?", se esforzó por sonar despreocupado.

En todas partes", fue la respuesta entrecortada. Quizá puedas decirme dónde está Raja. Hace un par de horas que no responde a mis llamadas. Pensé que estaría en casa".

Palash prefirió no responder a esta pregunta, pero Pom insistió. Ma le ha estado llamando, Papu también, y no ha respondido. No suele comportarse así".

El silencio de Palash hizo que Pom llegara a una conclusión precipitada pero no del todo errónea. ¿Habéis tenido una pelea? ¿Por qué no me sorprende? Y no me digas que lo has vuelto a encerrar. Ya no es un niño, ¡tienes que madurar, Baba! La última vez que hiciste esto Raja se había escapado, ¿recuerdas? Tardamos una semana entera en encontrarlo.

Raja siempre había sido un niño descarriado, y Palash un padre impaciente, y cuando estos dos se comportaban como boxeadores en una arena, la mayoría de las veces acababan mal. Pom temía que ese fuera el escenario que se estaba desarrollando en ese momento, así que se lanzó temerariamente hacia el ensordecedor silencio.

Ya estoy de camino a Phulpukur. Mamá me ha llamado para decirme que tiene un problema en la universidad; quiere que la recoja cuando vuelva a casa. Sonaba bastante enfadada contigo. Ni siquiera ella ha sido capaz de comunicarse con Raja". La voz de Pom adquirió un tono casi suplicante: "Por favor, dime dónde está Raja".

La exasperación, más que la ira, nubló la voz de Palash. Entre tu madre y tú, siempre estáis dispuestos a asignarme el papel de canalla en esta familia. Muy conveniente para ti, ya que no tienes que aceptar llamadas duras. Me lo dejas a mí y luego me pintas como un monstruo'.

Baba, esa no era mi intención. Yo mismo estaba preocupado por el paradero de Raja. He recibido información de fuentes fiables de que los medios de comunicación, liderados por el notorio paparazzo Chirag, están desesperados por revelar la identidad de Raja. Aparentemente han rastreado su presencia en Phulpukur. Y ahora que Raja ha hecho un truco de desaparición, no sé qué pensar.

¡Chirag! ¡Oh, Dios mío! Palash podía sentir literalmente que su presión arterial se disparaba. ¡Él es infatigable! No se rendirá fácilmente, no descansará hasta conseguir lo que quiere. Y todavía no sé por qué tu testarudo hermano no quiere revelar su identidad, pensé que sería todo un pavo real con sus últimos logros. ¿Qué necesidad tiene de hacer como Banksy y crear una intriga innecesaria?

Ahora era el turno de Pom de guardar silencio. Aunque Raja siempre había sido reacio a los medios de comunicación, Pom no podía decirle a su padre que él era la razón por la que Raja había optado por permanecer en la sombra, desesperado por no arruinar sus posibilidades con Dita asociándose con Palash.

Por ahora, Palash estaba sin aliento por la ansiedad. ¿Me estás diciendo que Chirag Mukherjee se dirige a

Phulpukur? Ese excéntrico Bob Banerjee ya está haciendo cabriolas por el campus con su equipo. ¡Entre los dos seguramente harán estallar un mísero gherao a niveles nacionales! Nunca podremos vivirlo. Estos directores y periodistas arruinarán la reputación del pueblo y de la universidad".

Pom estaba completamente confundido. De que esta despotricando Baba, parece haber perdido la cabeza, penso. ¿Qué has hecho? ¿De qué gherao estás hablando?

Palash suspiró impaciente. Es una larga historia; lo sabrás cuando recojas a tu madre, si consigues pasar el gherao y llegar hasta ella". Tiró el teléfono sobre la mesa y se quedó mirando el techo. El mundo y su madre parecían empeñados en alcanzarle.

Se preguntó qué debía hacer ahora.

Armas y rosas

Raja casi se había dormido cuando oyó que la puerta de la biblioteca se abría con bastante ruido. La figura larguirucha de Palash Bose parecía balancearse casi como una persona ebria. Por alguna razón inexplicable, su padre tenía una escopeta en las manos, y apuntaba directamente a Raja, aunque algo tembloroso. Raja parpadeó confundido y esperó a que la visión en dhoti blanco como la nieve y kurta desapareciera. Pero por más que parpadeaba, la visión no desaparecía. Siguió mirando fijamente a Raja, murmurando y murmurando y, finalmente, acercándose lo suficiente como para darle un codazo con la boca negra de la pistola.

En mi principio está mi fin", bromeó Raja, mirando el arma desapasionadamente. En verdad, el fin está aquí, y comienza y termina con mi padre, pensó fríamente.

A Palash no le hizo gracia. He descubierto, muy a mi pesar, que tú, mi querido hijo, eres el principio, el medio y el fin de la mayor parte del caos que está estallando ahora en mi vida. Me has hecho bailar alegremente, pero tengo toda la intención de acabar con el caos que has puesto en marcha. Y esta vez yo dictaré los términos.

Tú, que siempre te has opuesto a todos mis planes, no deberías quejarte de que te ponga freno. Ahora es necesario controlar tu comportamiento caprichoso'.

Eso dice el hombre que ha mantenido a su hijo encerrado bajo llave durante las últimas cuatro horas, sin comida, sin agua, sin comunicación", dijo el hijo furioso, luchando por controlar la creciente ira que amenazaba con consumir los últimos vestigios de respeto que tenía por su padre.

Creo que debería ser yo quien se quejara. Primero me encierras y luego vuelves y me apuntas con una pistola como si fuera un matón cualquiera. Si no fueras mi padre, te habría tachado de loco. ¿Qué te pasa?

Espera y verás, entenderás lo que me pasa antes de que acabe el día'. contestó Palash violentamente. Entonces, lanzando las llaves de su destartalado coche Ambassador hacia Raja, que las cogió instintivamente, ordenó: "Levántate. Vamos a dar una vuelta".

Raja no tuvo más remedio que levantarse del sofá, donde acababa de ponerse lo bastante cómodo como para volver a dormitar. "¿A dónde vamos, ya que obviamente me harás conducir a mí también?" hizo sonar las llaves.

Palash volvió a darle un codazo con la pistola. Deprisa, deprisa. No tenemos tiempo que perder".

El padre armado empujó al hijo descontento fuera de la biblioteca, lo llevó a toda velocidad por los pasillos vacíos y luego lo persiguió escaleras abajo hasta que por fin se sentó en el asiento del conductor del Ambassador. Llévame a la universidad", ladró.

Palash seguía apuntando a Raja con el arma, reacio a cualquier señal de resistencia. Raja no entendía por qué su padre le apuntaba con la pistola, pero se sintió aliviado de que se dirigieran a la universidad y pudiera ver por sí mismo cómo Dita estaba manejando el gherao. La conocía lo suficiente como para suponer que incluso podría hacer entrar en razón a Palash para que levantara las barricadas humanas de la puerta.

La distancia entre la casa de los Bose y el colegio Phulpukur era de unos siete kilómetros, pero el embajador de Palash mantenía un ritmo lento y constante, por lo que recorrer incluso distancias cortas solía convertirse en un reto que requería un tiempo desmesurado.

Mientras las piezas de ajedrez en la mente de Raja trataban de encontrar una manera razonable de salir de este aprieto, Palash ya estaba dos movimientos adelante con sus planes. Hoy no era el día en que pretendía ser superado por la intransigencia de Raja y sus retorcidos planes.

Sosteniendo la pistola en una mano, todavía apuntando a Raja, Palash cogió su teléfono para llamar a Girish. He localizado a tu hija", dijo sin perder tiempo en formalidades. Conduce hasta la universidad tan pronto como puedas. Los hombres de Arshad Ali la han cogido por error, pensando que estaban cogiendo a Dita. Volverán a la universidad para dejar a Mishti, supongo que tú también querrás estar allí". Se desconectó bruscamente.

Raja estaba estupefacto. ¿Qué diablos está pasando? Palash había estado haciendo todo tipo de trucos aparentemente.

¿Secuestraste a Mishti? Raja tenía los ojos vidriosos de incredulidad. "¿Y planeaste secuestrar a Dita también?

"Cállate, tonto", ladró Palash. Yo no secuestré a nadie. Arshad Ali secuestró a Mishti. Estoy intentando devolvérsela a su padre".

"¿Qué pasa con Dita? Preguntó Raja.

¿Qué pasa con ella? Palash respondió distraídamente. Ella sólo crea problemas innecesarios para sí misma y para mí. Fue su precipitada decisión de imponer restricciones a los carteles electorales lo que llevó a todo este fiasco".

Al parecer, Palash consideró que era un tema demasiado delicado como para hablar de él, ajustó de nuevo la pistola y contestó al teléfono. Palash, Papu está un poco preocupado. Parece que no puede localizar a Raja en su teléfono. Se preguntaba si todo está bien.

Sí, sí, todo va de maravilla", respondió Palash con impaciencia. Raja está conmigo y vamos a la universidad'.

Aditya se preocupó de inmediato: "¿Crees que es prudente interferir en el gherao ahora mismo? Te identificarán inmediatamente como simpatizante de Shyamol Sathi y teniendo en cuenta el hecho de que este gherao es idea suya, ¡tu asociación con el partido podría no ir bien para tu imagen en este momento, Palash!".

Mi supuesta imagen se ha ido al garete, Aditya", se enfadó Palash. Te digo que estamos rodeados de tontos. ¿Te imaginas que unos estúpidos matones de Raktokarobi han conseguido secuestrar a Mishti y ahora Girish Sarkar me amenaza con graves consecuencias?

Lo sé', se compadeció Aditya. Sahana está en la universidad, parece que acaba de tener una conversación con Utpal. Al parecer, Arshad Ali había enviado matones a recoger a Dita. Mishti estaba en el lugar equivocado en el momento equivocado. Utpal estaba atrapado en el gherao y no podía salir del campus, de ahí toda la confusión. Arshad está furioso y quiere la cabeza de Utpal en bandeja. Va a venir personalmente a devolver a la chica. Y ahora, la perspectiva de ser el blanco de la ira de Arshad ha sacudido tanto a Utpal que se ha encerrado en una de las aulas".

Palash gruñó. Utpal debería esconderse muy bien, ya que Girish también está de camino a la universidad. Entre Arshad y Girish bien podría quedar atrapado entre el diablo y el mar azul profundo'.

No vas a creer esto, pero Utpal también había llamado a Papu, en busca de ayuda de Shyamol Sathi, ya que está en tantos problemas con los jefes de Raktokarobi'.

Palash sintió curiosidad. ¿Qué dijo Papu?

Aditya dudó y luego soltó: "Por desgracia, Papu estaba tan distraído que no ofreció ninguna ayuda constructiva a Utpal".

¿Por qué está distraído Papu? Palash tenía aún más curiosidad.

Aditya dudó de nuevo. Papu estaba preocupado por Raja. Con Raja incomunicado, pensó que ustedes dos podrían haber tenido una pelea de nuevo. Sabes que Papu siempre ha tenido debilidad por Raja, literalmente han crecido juntos'.

El recuerdo de Papu abrazando a Raja con apasionado aplomo en el salón de Girish pasó por la mente de Palash. Se movió inquieto en su asiento, esperando contra toda esperanza que Papu no fuera el "alguien más" especial que Raja había mencionado un par de horas antes.

Escuchando a escondidas las conversaciones de su padre, algunas piezas del rompecabezas iban encajando para Raja, pero había muchas otras que seguían sin explicación. Lo que más le desconcertaba era la pistola. Raja sabía que Palash podía ser recalcitrante, ¡pero seguramente no necesitaba una pistola para sacarlo de una habitación y obligarlo a conducir su coche!

El siguiente fragmento de conversación entre Palash y Aditya fue aún más interesante. Vamos a la universidad", le dijo Aditya a Palash. Radha estaba muy preocupada por Sahana; te esperaremos en la puerta. Pinku y Papu ya se han ido'.

¿Puedes traerme a un cura? preguntó Palash escuetamente.

¿Un sacerdote? Aditya se quedó atónito, ¿quién necesita un cura para resolver la política estudiantil?

Aditya se esforzó por encontrarle sentido a esta extraña petición. Seguramente Palash se estaba volviendo loco, debía de estar muy estresado, pensó.

Sí, un cura', ladró Palash. Es lo que necesito para resolver todos mis problemas".

Aditya no supo qué decir, y en el asiento contiguo a Palash, las cejas de Raja se alzaron con total sorpresa. Confía en que a Baba se le ocurran soluciones fuera de este mundo para problemas terriblemente terrenales.

Las instrucciones de Palash a Aditya continuaban. Estoy seguro de que podrás localizar a Naveen Mukherjee en tu camino, ha oficiado en bastantes pujas y matrimonios de Durga.....

Él podrá ayudarme hoy".

Lo intentaré", Aditya sonaba dubitativo. 'Pero sigo sin ver cómo va a ayudarnos'. Como Palash no parecía dispuesto a revelar sus planes, Aditya se encogió de hombros y colgó el teléfono.

Las uvas de la ira

Cuando Palash y Raja llegaron a la universidad, el cielo estaba cubierto de nubes de tormenta; las hojas verde lima de las pancartas de Shyamol Sathi ondeaban alegremente bajo las ráfagas de viento, cada vez más fuertes. La perezosa tarde hacía tiempo que se había convertido en una cáscara de lo que fue, la ansiedad invadía el aire mientras los estudiantes que coreaban eslóganes rodeaban el Ambassador de Palash, impidiendo que el antiguo vehículo se acercara a las puertas de la universidad.

Palash no tuvo más remedio que salir del coche y enfrentarse a los beligerantes estudiantes. Raja apagó el motor y bajó tras él. La escopeta colgaba como un apéndice monstruoso de la mano de Palash y un curioso silencio descendió sobre la multitud. Instintivamente, la multitud retrocedió unos pasos, alejándose de la amenazadora figura de Palash.

Mientras la multitud se movía y reagrupaba, Raja pudo ver la cara de Rajeev asomando entre el mar de cabezas que los mantenía alejados de las puertas de la universidad. Observó con incredulidad cuando Palash chasqueó los dedos y Rajeev, con el pelo grasiento pegado al cuero cabelludo como una gorra mugrienta, se acercó corriendo.

Palash Kaka, hemos retenido las puertas como prometimos', jadeó Rajeev, mirando con recelo la pistola. Si la señora Dita sigue sin aceptar nuestras condiciones, simplemente prolongaremos el gherao".

La naturaleza está planeando otra cosa, Rajeev. Palash miró al cielo: "Se avecina una tormenta... no podrás mantener tus posiciones mucho más tiempo, tus partidarios desaparecerán en cuanto llueva; tenemos que actuar rápido".

Inmediatamente consciente de la gravedad de la situación, Rajeev esperó el plan de acción que sabía que Palash pondría en marcha de inmediato.

Pide a tus chicos que abran las puertas y nos dejen pasar, Rajeev", Palash lanzó una mirada encapuchada a Raja. "Y cuida de este chico, no lo pierdas de vista mientras trato de resolver los problemas con Dita.

Whoa, ¿de dónde salió este googly? Raja estaba perplejo. Por la expresión de absoluto asombro en su rostro, también lo estaba Rajeev: ciertamente no le agradaba la idea de ser elegido para el papel de niñera de Raja, mientras toda la acción tenía lugar en otra parte. Pero no podía decir que no a Palash.

Ignorando su sorpresa, Palash susurró sus instrucciones a Rajeev: "Puedo ver a Pinku y Papu entre la multitud, llámalos para que entren con nosotros. Ordena a tus líderes estudiantiles que cierren bien las puertas detrás de nosotros. Pueden dejar entrar a Pom, Aditya y Girish cuando aparezcan. Nadie más puede entrar sin mi permiso", dijo Palash con claridad meridiana. Aditya vendrá acompañado de un sacerdote, déjenlo entrar, es esencial para esta velada", añadió Palash a modo de réplica.

Pinku y Papu se unieron a ellos, saludando con entusiasmo y gritando para que se les oyera por encima del estruendo de la multitud. Casi instintivamente, Papu envolvió a Raja en un abrazo de oso, expresando un alivio silencioso por haberlo liberado de las garras de Palash.

Palash observó el intercambio con clara incomodidad, los separó sin ceremonias y los apresuró a cruzar las puertas que finalmente se abrían para ellos. Abriéndose paso entre la multitud, casi ensordecidos por los eslóganes triunfantes, consiguieron entrar en el campus, donde alguien empujó una pancarta de Shyamol Sathi a las manos de Pinku. Pinku se esforzó por sujetar la bandera al viento, Palash se aferró a su pistola y Rajeev agarró con fuerza a Raja mientras las puertas se cerraban tras ellos con un estruendo decisivo.

X

Mientras tanto, todos los ojos de la oficina del director se habían vuelto hacia la puerta del colegio. Un repentino silencio descendió sobre la multitud alborotada, seguido de una renovación de gritos excitados cuando las puertas comenzaron a abrirse. La muchedumbre asediada en el despacho vio unas cuantas figuras que entraban, una de ellas agitando una bandera, y luego las puertas volvieron a cerrarse.

Cuando las figuras se acercaron al enclave universitario, Palash fue inmediatamente perceptible. Alto y ágil, vestido con su característico dhoti y kurta blancos, su figura no pasaba desapercibida, y hoy destilaba amenaza.

Palash Bose lleva una pistola... la misma escopeta que llevaba en la cacería del lobo", Dita apenas podía creer lo que veían sus ojos. ¿Por qué necesita un arma ahora?

Debería haber llamado a la policía, pensó desesperada, en lugar de escuchar a Alok. Estaba segura de que sería cuestión de tiempo que la apuntaran con el arma.

Y entonces jadeó, siguiendo la imponente presencia de Palash, aunque algo involuntariamente, había otra figura alta... ¿seguro que era Raja?

Dita se sentía un poco fuera de sí. Raja la había estado ignorando durante todo el día, no le devolvía las llamadas; y de repente, de la nada, aquí estaba, ¿y con Palash Bose?

A su lado, oyó a Sahana murmurar: "Parece que Pinku también ha perdido la cabeza. ¿Por qué agita la bandera del partido como un demente?", pensó, bastante enfadada. Lo que ella no sabía era que el viento no dejaba de arreciar y que esa era la única forma en que Pinku podía mantener la bandera en equilibrio. No se atrevía a tirar la bandera porque Rajeev también lo vigilaba de cerca.

Alok y Ashok movieron la cabeza en señal de desaprobación. Los miembros del órgano de gobierno del colegio se estaban saltando las normas a diestro y siniestro: ¿quién había oído hablar de un presidente armado y un miembro del partido con la bandera?

Los profesores y el personal que se habían reunido en la habitación de Dita observaron absortos cómo el pequeño grupo avanzaba resueltamente.

Y entonces, con un leve movimiento de cabeza, Palash hizo una señal a Rajeev para que arrastrara a Raja lejos del grupo. Manteniendo un agarre de hierro en el brazo de Raja, Rajeev lo empujó hacia la cantina de la universidad. Las manos de Palash estaban firmes en el arma, él no toleraría ninguna discusión, incluso el impulso instintivo de Papu de seguir a Raja se marchitó bajo la mirada desdeñosa de Palash.

Los presentes en la ventana de la oficina observaron con sorpresa cómo el grupo se dividía en dos direcciones. Raja fue remolcado sin ceremonias mientras Palash se dirigía a la oficina de la universidad.

X

Raja apartó su brazo de Rajeev. Todavía no estaba seguro de los planes de su padre y no estaba de humor para cumplirlos. Las piezas de ajedrez en su mente habían estado cambiando sin cesar durante todo el día sin ninguna comprensión concluyente de la situación. Además, no había podido comunicarse con nadie en las últimas horas para averiguar qué demonios estaba ocurriendo aquí.

Rajeev lo miró mal. Es inútil que luches, no puedes huir a ninguna parte, ¿sabes? Esas malditas puertas sólo se abrirán cuando yo lo ordene", se regodeó. La mirada de suprema satisfacción en la cara del estúpido muchacho llenó a Raja con un deseo instintivo de estrangularlo y correr hacia las colinas. Fue una lucha para Raja aferrarse a los últimos jirones de su cordura.

La atmósfera en la cantina estaba cargada, todos miraban con descarada curiosidad cuando Raja y Rajeev entraron por las puertas.

Bob y su equipo ya habían agotado las existencias de té y galletas de Gopal; por lo general, Gopal se enorgullecía de que sus comedores, tanto el del colegio Phulpukur como el de la escuela Saint James, estuvieran razonablemente bien abastecidos, pero hoy todo se estaba descontrolando. Algunas de las personas reunidas en el comedor seguían hambrientas y estaban asaltando la despensa para conseguir algo de comida. Todas las cabezas se giraron hacia Raja y Rajeev cuando encontraron una mesa vacía y se sentaron.

Aquí vienen los vástagos de la revolución, Inquilab Zindabad", se rió Bob, mientras Gopal saltaba de detrás del mostrador y se acercaba a Rajeev.

Golpeando con la mano en la mesa frente a Rajeev, Gopal dijo enfadado: "¡Inquilab Zindabad, una mierda! Muchachos, no tenéis ninguna consideración por el hombre corriente, ¿verdad?

Montando un gherao a la primera de cambio. ¿Y qué comerán las personas atrapadas dentro? ¿Llenarán sus estómagos con vuestras garantías vacías?

También se dirigió a Raja: "Tu padre es la fuente de todos estos problemas, ya es hora de que alguien le dé una buena lección".

Raja se alejó impacientemente del hombre que graznaba, sus ojos escudriñaron la multitud de rostros; se suponía que su madre estaba aquí, pero no pudo verla. ¿Dónde podría estar?

Supongo que estarás buscando a Hemlata", le dijo una voz suave. No podía soportar la multitud que había aquí; Biltu la llevó a una de las aulas vacías".

Raja estaba gratamente sorprendido por esta información inesperada; aparte de esta señora de ojos amables que se había acercado para estar a su lado, el resto de la multitud en la cantina estaba literalmente erizada de hostilidad. En realidad, no podía culparles, después de un día de duro trabajo todos esperaban irse a casa cuando este miserable gherao había trastocado todos sus planes. Obviamente, Rajeev, siendo un líder estudiantil de Shyamol Sathi, llevaba la peor parte de sus hostilidades, y Raja estaba manchado por asociación.

Raja le ofreció a la señora una rápida sonrisa de alivio. "A mamá le resulta doloroso estar en compañía de demasiada gente, es bastante solitaria", murmuró a modo de explicación a la elegante mujer que estaba a su lado. Debe de haber tenido que armarse de valor para salir a veros disparar, y verse atrapada en este fuego cruzado político habría sido todo un reto para ella.

Yo tampoco he podido ponerme en contacto con ella", admitió Raja algo avergonzado. Baba me ha echado encima a sus estudiantes, me ha quitado el teléfono y no puedo comunicarme con nadie".

Una súbita mirada de comprensión apareció en el rostro de la señora, incluso el carmesí de su hermoso bindi parecía animado: "Oh, ¿era por eso que Dita estaba tan molesta? No respondiste a sus llamadas".

Dejadlo ya", Rajeev se metió en la conversación, empujando bruscamente a Raja en un acto físico de intimidación. Algo se quebró en la mente de Raja: todo el día había sido empujado por Palash y no podía tomar represalias, y ahora este chico patán lo estaba provocando frente a una habitación llena de extraños, Raja no podía soportarlo más. Se dio la vuelta y dio una sonora bofetada en la mejilla de Rajeev: "Ya es hora de que aprendas a comportarte, ser un líder estudiantil no te da derecho a portarte mal con la gente".

Rajeev se quedó boquiabierto y soltó la amenaza más tópica de todos los tiempos: "Espera a que se lo diga a tu padre".

Mi padre no me intimida", se rió Raja imprudentemente. No comparto ni sigo su ideología política. No eres más que un imbécil que sigue ciegamente sus instrucciones, eso me parece evidente. Ve y quéjate, no me importa'.

"Tan terco como el padre", se burló Rajeev. "Podemos acabar con toda tu familia si no cuidas tus palabras".

Raja cargó salvajemente hacia Rajeev, sobrepasado por la rabia ciega; y entonces sintió manos que lo detenían, voces murmurando, "Déjalo ir, es un gusano, ni siquiera merece tu ira"; "Cálmate, cálmate"; "Respira profundo". Raja sintió que la ira se le iba mientras veía a Rajeev salir apresuradamente por la puerta de la cantina.

Bob Banerjee palmeó la espalda de Raja con aprobación: "¡Bien hecho, muchacho, me perdí una escena que valía la pena filmar!" Miró a su equipo en busca de apoyo y un sonoro aplauso se elevó como una ola que recorrió la sala con entusiasmo; marcó la apoteosis de una figura casi de villano en héroe.

Prithvi, Rahul y Dhruv se acercaron a Bob. Sólo para asegurarnos de que seguimos teniendo nuestros trabajos y de que no nos has eclipsado a los ojos de Bob", bromearon mientras incluían a Raja en su círculo de camaradería, tratando de aliviar la tensión que aún era evidente en la postura de Raja.

Raja agradeció su apoyo: "He visto algunos de tus espectáculos con mamá, es una gran admiradora. Es una locura, pero parece que los conozco a todos tan bien". Se volvió hacia la mujer que le había ofrecido su apoyo incondicional en un ambiente hostil: "Yo también os he visto, pero no recuerdo dónde", concluyó con tono tímido.

En los ojos de su benefactora brillaba el humor. Desgraciada de mí", declaró dramáticamente. Todo el mundo conoce al encantador Dhruv, al guapo Rahul y al macho Prithvi, pero nadie me presta atención a mí".

Bob se rió a carcajadas, 'Deja de ser tan dramática mujer, solo confundirás al chico,' se volvió hacia Raja. Esta es Tamali Roy, ella es, como puedes ver, una de nuestras actrices más guapas y definitivamente la más versátil'.

Las piezas de ajedrez de la mente de Raja empezaron a girar enloquecidamente, sacando conclusiones probables. ¿Cómo sabías que Dita estaba tratando de llamarme? ¿Cómo sabes que ignoré sus llamadas? Los ojos grises, brillantes de curiosidad, se clavaron en Tamali.

¿Por qué no iba a saberlo? Bob resopló exasperado. Dita es la hija de Tamali. Y entre las dos comparten información que nadie más quiere saber, y mucho menos hablar".

Deja de tomarme el pelo, Bob -le espetó Tamali juguetonamente-. Primero cásate y entonces entenderás las tribulaciones de ser padre".

"¡No en esta vida, parece, ya que elegiste a Arnab en vez de a mí! Bob guiñó un ojo ampliamente, antes de alejarse.

Tamali sintió la mirada encapuchada de Raja, tratando de averiguar lo que sabía de él. Ella ocultó una sonrisa, esperando su momento. El bindi rojo en su frente brillaba con picardía, no podía dejar pasar la oportunidad de burlarse de este chico reservado. Sólo un poquito.

En caso de que te estés preguntando exactamente lo que sé de ti, déjame asegurarte que sé mucho más de ti que Dita", Tamali intensificó sus palabras con una sonrisa semi pícara. Lo sé todo sobre ti Anuraj Bose; y me estoy preguntando qué hacer con la información'.

Jeez, pensó Raja, aquí viene el hacha. Que suerte la mía de ser planchado por la madre de Dita delante de una habitación llena de extraños. Y la mayoría de ellos parecían boquiabiertos, deseosos de participar en el drama que se desarrollaba ante sus ojos.

Lo que no entiendo, Anuraj Bose, es por qué este secretismo. Eres muy famoso". insistió Tamali.

"¡Anuraj Bose! Bob se dio la vuelta y saltó hacia atrás. "¿No me digas?" Se quedó boquiabierto mirando a Raja, metiendo un dedo cargado de curiosidad en el pecho de Raja. "¿Este chico es Anuraj Bose... prodigio del ajedrez?

"Deja de pincharlo, Bob", le dijo Tamali. "Lo próximo que sé es que le harás un agujero".

Raja nunca había sido acorralado y cuestionado tan audazmente. Es una larga historia", dijo cojeando, tratando de alejarse del alcance de los dedos de Bob.

Ya que no vamos a ninguna parte, tenemos todo el tiempo del mundo", Tamali se acomodó en una de las sillas de la cantina. Cuéntanos tu historia, Anuraj'.

¡Oh, vaya! No hay escapatoria hoy, Raja gimió en silenciosa desesperación.

Para agravar aún más las cosas, Bob había sacado su teléfono y estaba gritando en él a todo pulmón. Estabas buscando a Anuraj Bose, ¿no? No me vas a creer, pero lo tengo aquí". Se detuvo un segundo, escuchando atentamente. ¿Ya estás de camino a Phulpukur? Estupendo, ven a la universidad en cuanto llegues. Hay una pequeña manifestación en la puerta, pero creo que puedes jugar la carta de los medios de comunicación y entrar sin más".

Satisfecho con el desarrollo de la conversación, Bob se acomodó finalmente junto a Raja para escuchar su historia.

¿A quién acabas de llamar? Raja sonaba nervioso, su alto cuerpo estaba tenso. ¿Alguien de los medios de comunicación?

Chirag Mukherjee", dijo Bob con indiferencia. Es un buen amigo mío. La semana pasada se lamentaba de que Anuraj Bose le había vuelto a dar esquinazo y tenía muchas ganas de hacerle una entrevista. Por eso lo llamé", Bob sonaba muy satisfecho consigo mismo.

Raja gimió. Los ojos grises se inundaron de pánico.

'Bob,' Tamali estaba conmocionada, su corazón estaba con Raja. Anuraj es famoso por derecho propio, no necesita que Chirag lo valide'.

Demasiado tarde, pensó Raja, demasiado tarde. Su vida personal estaría en juego ahora, venían hacia él con los reflectores encendidos, esperando para perseguirlo fuera de las sombras que había creado a su alrededor.

¿Me prestas tu teléfono?", preguntó, tendiendo instintivamente la mano a Tamali. Necesito llamar a Pom.

Las cosas se desmoronan

Las puertas de la universidad se abrieron de nuevo, para dejar entrar a otro individuo guntoting. Esta vez era Girish, con su arma apuntando a Arshad Ali, que había asumido erróneamente que devolviendo a Mishti personalmente a Girish podría evitar la ira del furioso hombre. Obviamente, estaba terriblemente equivocado, como era evidente por la forma en que estaba siendo empujado y pinchado por Girish. Mishti, ahora libre, miraba con descarado regocijo como su padre dirigía a Arshad hacia la oficina del director. Jai iba en la retaguardia de este variopinto grupo, él también tenía un arma ya que había venido dispuesto a luchar para liberar a Mishti de los matones de Raktokarobi.

El ambiente en la habitación de Dita bullía de tensión; Palash y Dita habían llegado a un punto muerto y ninguno de los dos parecía dispuesto a ceder un ápice de control. Cuando Girish entró con Arshad, la dinámica de intimidación se inclinó un poco más hacia los hombres armados y se desplazó abismalmente fuera de la órbita de los que no tenían armas, sino sólo valor crudo y temerario. Este último grupo incluía a Dita.

Girish no se anduvo con rodeos cuando empujó a Arshad a la habitación. Palash, ¡mira cómo han fallado tus grandes planes! ¿Qué quieres hacer ahora?

Palash, enfurecido, señaló a Arshad con un dedo tembloroso. coaccionarla para que aprobara los carteles electorales en las paredes de la universidad. Pero, obviamente, como sus secuaces no son más que unos desgraciados descerebrados, eligieron a la chica equivocada'.

Lo sé, pero en última instancia, usted es la persona responsable de poner las cosas en movimiento, y usted es responsable del terrible lío que se está desarrollando", Girish detuvo Palash con una mirada humeante. Es hora de acabar con el caos que has desatado".

Un rayo de ironía iluminó el día de Dita, por lo demás miserable: las armas estaban ahora encañonadas lejos de ella, y dos hombres de lo más malvados estaban ahora al cuello del otro. Incluso se alegró un poco del gherao, porque de lo contrario la habrían secuestrado y sólo Dios sabe lo que habría pasado después. Al menos, en el gherao estaba en terreno conocido, con gente conocida. Uno tenía que estar agradecido por las pequeñas misericordias de la vida.

Tanto Palash como Girish tenían ahora sus armas apuntando a Arshad. Dita esperaba que no hicieran ninguna tontería, con el mundo y su madre como público, así que ignorando todas las leyes de autoconservación que deberían haberla retenido, se lanzó a la refriega.

Arshad puede ser temerario, pero no olvidéis que él también es producto de vuestra estúpida política electoral, en la que gente como él piensa que pegar carteles en una pared -o no poder hacerlo- puede llevar sumariamente a un caso de secuestro y resolución mediante intimidación. Política de matones en estado puro".

Intentando razonar con los dos hombres furiosos, Dita continuó: "Bien está lo que bien acaba, ¿no? Es evidente que el secuestro fue un intento fallido. Lo mejor que podéis hacer es presentar una denuncia a la policía. Déjalo ir ahora.

Y cancela el gherao", añadió cansada.

Mientras la atención de los dos hombres estaba algo distraída por Dita, Arshad había empezado a moverse astutamente hacia Palash; sabía que de los dos, Palash no era realmente un profesional con las armas. Arshad había decidido correr el riesgo de arrebatárselo de las manos. Preparándose para el único plan alternativo que se le ocurrió, se lanzó hacia Palash.

A Palash le pilló desprevenido. Casi ciego de ira por las palabras de Dita, no se había dado cuenta de los movimientos de Arshad. Cuando Arshad se abalanzó, Palash estuvo a punto de saltar y apretó el gatillo de la escopeta en una respuesta impremeditada. Se oyó un fuerte estallido y Palash se tambaleó por el retroceso; vio vagamente a la gente a su alrededor congelada en un terrible momento de suspense mientras la bala buscaba a su víctima.

Arshad saltó hacia atrás con un grito de sorpresa. La bala encontró su objetivo, dio en un blanco desprevenido y lo hizo estrellarse con un sonoro golpe, aterrizando en el suelo de la oficina con muy poca dignidad o gracia.

Durante unos segundos todo se congeló y luego se desató el infierno. Lo que la bala había derribado era el retrato de Durjoy Pundit de su preciada posición en lo alto de la pared. El colosal marco se hizo añicos, golpeando el suelo justo al lado de donde estaba Mishti; un mero centímetro aquí o allá y ella podría haber sido un pato muerto.

Mientras Palash y Girish parecían haberse quedado de piedra, Alok y Dipten agarraron a Arshad, que pataleaba y maldecía, y lo sacaron de la habitación antes de que pudiera causar más daños.

El pobre Durjoy Pundit yacía deshonrado en el suelo; Pinku y Papu apartaban a la gente de su camino y empezaban a recoger los trozos del marco que había sostenido el retrato de su infame abuelo. Dita y Sahana intentaron ayudarles en lo que pudieron. Mishti parecía conmocionada y se acercó a su padre. Girish abrazó a su hija en un raro momento de tranquilidad paterna.

Las manos de Palash aún temblaban cuando Aditya Pundit entró en la habitación con un desconocido a cuestas. Lo que vio no era lo que esperaba. Mientras Durjoy estaba tirado en el suelo por alguna oscura razón, Pinku, Papu y Sahana parecían estar recogiendo trozos de madera astillada, Palash y Girish estaban obviamente enfrentados y la mayoría de los profesores y el personal parecían estar en estado de shock.

Lo que era aún más intrigante era la forma en que Dita estaba de rodillas, tratando de recoger trozos de la estructura rota, totalmente ajena al hecho de que Palash y Girish habían apuntado sus armas hacia ella.

Estoy de acuerdo contigo, Palash", murmuró Girish. Esta chica está en el centro de todos los problemas que están surgiendo aquí".

Dita levantó la vista, vio que era el objetivo de dos pistolas, se resignó a su destino y se tumbó en el suelo. Sintió que Sahana, Pinku y Papu se acercaban a ella en un gesto silencioso de solidaridad. Nadie sabía qué ocurriría a continuación.

Aditya estaba perplejo y furioso, ya no podía controlarse. ¿Qué está pasando aquí exactamente? ¿Por qué han quitado el retrato de mi padre de la pared? ¿Por qué retienen a mis hijos a punta de pistola?

Tus hijos no están retenidos a punta de pistola -siseó Palash-. Diles que se vayan y déjame ocuparme de Dita".

Pinku y Papu no parecían dispuestos a hacer caso a los ancianos. Sahana no soltó a Dita; se mantuvieron unidos en un obstinado desafío.

Palash saludó con la cabeza al extraño que había entrado con Aditya, claramente fuera de lugar. Era un hombre delgado y huesudo, con un hilo sagrado, el upavita, que le cruzaba el torso desnudo en diagonal y le bajaba por el hombro izquierdo en mechones de un blanco brillante; un mechón de pelo, más largo que el resto, le colgaba de la nuca, con una flor de caléndula marchita atada a él.

Naveen Mukherjee, supongo. preguntó Palash.

Sí", respondió secamente Aditya, a quien no le gustaba que Palash se tomara la justicia por su mano.

Girish también estaba desconcertado: "Naveen es nuestro sacerdote local, ¿por qué lo quieres aquí ahora, Palash?

Él puede resolver muchos de mis problemas y los tuyos también, Girish", Palash fue críptico. Sólo hay una manera de lidiar con nuestros alborotadores". Agni y Utpal pueden ir a la cantina y traer a Raja aquí. Alok, Biltu y Ashok limpien el salón de actos y que Naveen Mukherjee monte un pequeño mandap'.

Agni salió de la habitación, murmurando en voz baja; no tenía ni idea de quién era Raja, pero estaba demasiado asustado para admitirlo ante los dos locos armados. Arrastró a Utpal con él con la esperanza de que pasara lo que pasara, Utpal compartiría el mismo destino.

El mundo exterior estaba en estado de ebullición: los fuertes vientos habían cesado y habían dado paso a un aguacero torrencial. Las pancartas de Shyamol Sathi caían y colgaban, perladas de humedad, la beligerancia de los estudiantes que protestaban había retrocedido, licuada por el tumultuoso asalto de la naturaleza. Abandonando sus puestos y las pancartas de sus partidos, corrieron a la carrera; unos pocos se detuvieron para abrir las puertas del colegio antes de desaparecer bajo la lluvia torrencial que lo envolvía todo.

Atrápame si puedes

Chirag Mukherjee estaba en un aprieto. Golpeaba con los dedos, frustrado, la fría y acerada superficie de su ordenador portátil, mientras miraba a ciegas el mundo bañado por la lluvia desde el interior de su Toyota Corolla, con la mandíbula de roble rígida por la frustración y la nariz de halcón crispada por el evidente desagrado, mientras observaba el barro y el fango que rodeaban su coche.

Chirag, armado con la sombría determinación de un verdadero periodista azul, había emprendido una búsqueda inútil con dos miembros de su equipo periodístico para localizar a Anuraj Bose; su corazonada había sido validada por la llamada de Bob; pero ahora, casi cerca de Phulpukur, su coche se había parado.

Satyajit y Badal, los dos jóvenes periodistas que le acompañaban, estaban ya tan sobrecargados de trabajo que Chirag no se atrevió a pedirles que salieran a la lluvia torrencial para comprobar qué le pasaba al coche. Encendió las luces de emergencia, acurrucó su larguirucho cuerpo en el mullido cuero, suspiró mientras se quitaba las gafas de pasta y cerraba los ojos cansados, preparándose para una interminable espera en esta carretera de pueblo dejada de la mano de Dios.

Al cabo de casi hora y media, que pasaron en silenciosa miseria masticando las últimas mangas de Oreo que llevaban consigo, un coche se detuvo a su lado y el conductor bajó la ventanilla. Chirag hizo lo mismo, gritando con todas sus fuerzas contra las turbulencias para que el desconocido comprendiera su situación. El desconocido asintió e indicó a Chirag que subiera al coche. Pronto, los tres periodistas completamente empapados y el desconocido se pusieron de nuevo en camino hacia Phulpukur.

Chirag, que se había sentado junto al conductor, trató ineficazmente de limpiarse la humedad de la cara y sonrió pícaramente al desconocido: "No sabes cuánto te lo agradezco, tío, me has salvado la vida".

El desconocido sonrió enigmáticamente. Chirag Mukherjee, si no me equivoco. ¿Vas de camino a la universidad de Phulpukur?

Chirag estaba un poco desconcertado; su cara era conocida en la televisión nacional, así que no era de extrañar que el desconocido le reconociera, pero ¿cómo sabía que iba de camino a la universidad de Phulpukur?

Chirag prefirió guardar silencio. El desconocido se rió: "¡No es ningún secreto que persigues a Anuraj! Él me advirtió que usted estaba en su manera a la universidad después de que Bob suministrara toda la información que usted necesitó.

Pom se rió de nuevo ante la expresión perpleja de Chirag, 'Soy el hermano de Anuraj, Anupam. Sé que lo has estado persiguiendo por todas partes y sabes qué, creo que finalmente ha llegado a un acuerdo de que no puede ocultar su identidad por culpa de entrometidos como tú".

Chirag asintió sabiamente, de acuerdo con la opinión de Pom. Pero tenemos que ser entrometidos, ya sabes, en nuestra profesión tenemos que ser curiosos, no podemos evitarlo", se encogió de hombros. Si yo no revelo la identidad de Anuraj, alguien lo hará, así de simple".

La fuerte lluvia hizo que la visibilidad fuera escasa y Pom tuvo que concentrarse en las carreteras, la conversación decayó y el resto del viaje se completó en un silencio incómodo.

Cuando llegaron a la universidad, la lluvia había conseguido ahuyentar a los estudiantes que protestaban; unas cuantas pancartas abandonadas yacían en los terrenos de la universidad, desoladas por el barro; las puertas estaban abiertas de par en par, y Pom entró conduciendo, llevando el coche lo más cerca posible de la cantina, ya que sabía que allí estaría Raja. Allí era donde Raja le había pedido que viniera.

Los cuatro saltaron del coche. Pom hizo una carrera loca hacia las puertas de la cantina y los otros tres lo siguieron ciegamente. En la luz gris del atardecer, a través de las láminas de lluvia, Pom pudo distinguir dos figuras más delante de él, haciendo una línea recta hacia la cantina. Y entonces, de repente, las luces a su alrededor empezaron a parpadear y a fallar, el viento cobró aún más fuerza y el mundo se sumió en una profunda y húmeda oscuridad.

Avanzando instintivamente, tambaleándose y tropezando, empapados hasta los huesos, los cuatro consiguieron llegar a la cantina; el equipo de Bob ya había encendido las linternas de sus teléfonos y, en el curioso juego de sombras y luces, Pom pudo ver que las dos figuras que iban delante de él también habían llegado a la cantina, chorreando por todas partes. Uno de ellos gritó con voz estentórea: "¿Puede salir Raja, por favor? Nos han pedido que lo llevemos al salón de actos".

Agni parecía sentirse incómodo teniendo que gritar así, ya que estaba medio ciego en la oscuridad y en doble desventaja porque nunca había visto ni conocido a Raja.

Pom se detuvo en seco, reteniendo a Chirag, porque ambos habían visto a Raja en la penumbra que rodeaba a un grupo al fondo de la sala. Chirag siguió la indicación de Pom con encomiable facilidad, sin dar ningún indicio de que supiera dónde estaba Raja. Curiosamente, tampoco nadie de la multitud, un extraño silencio parecía haber descendido sobre la habitación, roto sólo por el sonido de la interminable lluvia.

¿Por qué quieres a Raja? La voz de Bob retumbó en la oscuridad. ¿Por qué debería ir al salón de actos?

Pom se acercó, 'Más al punto, ¿quién los envió? ¿Qué está pasando en la sala?

Agni no sabía cómo responder a todas estas preguntas a la vez; detrás de él, Utpal arrastraba los pies, completamente intimidado por la inquieta multitud que los rodeaba. Irritado por la búsqueda inútil en la que les habían metido, Agni quería acabar cuanto antes. No sé exactamente qué está pasando, pero Palash Bose ha llamado a un sacerdote y el personal de la oficina está preparando un mandap en el vestíbulo del colegio. Aditya Pundit trajo al sacerdote con él y Girish Sarkar está allí también, con su hija.'

'Y Palash Bose nos envió aquí para encontrar a Raja', añadió Utpal.

Escondida en las sombras al fondo de la habitación, Tamali había estado siguiendo la conversación con ávido interés; de repente sintió que Raja, que estaba de pie a su lado, se ponía rígido del susto. Se volvió hacia él con indisimulada preocupación; murmuraba algo inaudible en voz baja.

Las piezas de ajedrez finalmente se colocaron en su sitio, Raja podía ver ahora muy claramente lo que Palash planeaba hacer; todo el atrezzo estaba allí, la escopeta para colocarlo en su sitio, el sacerdote para casarlo, ¿con quién? ¿Con Mishti?

Agni seguía parpadeando para ajustar su visión en la oscuridad. Necesitamos que Raja vuelva al salón con nosotros -su voz sonaba casi a disculpa-.

Tamali apenas pudo distinguir a Raja murmurando en voz baja: "¡Oh, no! Sus ojos grises se habían oscurecido por el pánico, cegado por la oscuridad y sintiéndose atrapado. Apenas entendiendo lo que estaba pasando,

Tamali captó la mirada de Prithvi y se tomó una decisión silenciosa.

Prithvi dio un paso adelante, enmascarado en la oscuridad, con algunos rayos vacilantes de las linternas de los móviles siguiéndole. 'Ven, vamos a terminar este asunto', le dijo con desprecio a Agni. Soy Raja".

La multitud se quedó boquiabierta ante la descarada mentira; sin embargo, intuyendo que algo oscuro y peligroso debía estar en marcha, todos decidieron guardar silencio. Tamali guiñó un ojo a Raja. Disfrutando del drama del momento, Bob incitó a Agni a actuar con rapidez: "Hazlo, coge a Raja y vámonos todos a casa".

Mientras tanto, a Chirag le costaba controlar la risa, mientras Agni y Utpal, totalmente confundidos, se llevaban a Prithvi. Gopal puso un paraguas en manos de Prithvi, ignorando con desdén a los otros dos miserables.

Una vez que desaparecieron en la oscuridad fuera de las puertas, Chirag se dirigió hacia Raja, seguido por Satyajit y Badal. Incluso desde la distancia Pom podía distinguir que la cara de Raja estaba pálida por la fatiga, pero hoy el mundo le estaba alcanzando, parecía que no había escapatoria.

Hasta ahora ha sido un juego de atrápame si puedes contigo," Chirag no podía ocultar la suficiencia en su voz. Pero por fin he conseguido inmovilizarte. Entonces, déjame preguntarte ¿por qué esta persecución del gato y el ratón? Has alcanzado la fama internacional a una edad tan temprana, ¿por qué este curioso deseo de permanecer en la sombra como un ermitaño?

La cámara de Satyajit estaba lista; la largamente evadida entrevista estaba a punto de comenzar.

Espera, espera, espera", gritó Bob. El chico está muy pálido, no puedes presentarlo así en la televisión nacional". A los pocos segundos de esta astuta observación, dos manos del equipo de maquillaje de Bob consiguieron que Raja tuviera un aspecto presentable.

Resignado a su destino, Raja miró a la cámara, tomándose su tiempo para responder a Chirag; Pom lo miraba desde lejos, hablando con Hemlata por teléfono. No vas a creer esto, Ma. Raja está siendo entrevistado por Chirag Mukherjee y Bob está filmando la entrevista. Para alguien que eligió pasar desapercibido, su tapadera está volando por los aires, ¡y de qué manera!

Mientras tanto, padre está tratando de casarlo con Mishti, ¿tal vez puedas hacer algo para detener esta locura? Hemlata no daba crédito a lo que oía: mientras esperaba a que terminara el gherao, el mundo parecía haberse inclinado sobre su eje y Palash se paseaba por encima como un ángel de la perdición. ¿Dónde se va a celebrar este matrimonio, Pom?", graznó, y luego escuchó atentamente las conjeturas de Pom. Unos minutos más tarde se dirigía cojeando hacia el salón de actos con Biltu a cuestas.

El corazón de las tinieblas

El personal del colegio había despejado apresuradamente un amplio espacio en el salón de actos. Las sillas y los bancos se amontonaban en los márgenes mientras Naveen Mukherjee, con su upavita enrollada en las orejas, gritaba sus órdenes para construir el mandap improvisado.

Palash y Girish, que seguían disfrutando de su imagen de mafiosos armados, habían conseguido reunir al resto del personal en el vestíbulo, empujando a los recalcitrantes Papu y Pinku, y a las humeantes Dita y Sahana para que se sometieran a regañadientes, mientras Mishti y Aditya los seguían con desaliento.

Rajeev, después de recibir una buena reprimenda de Palash, se quedó en la puerta vigilando que Arshad no volviera para crear más problemas. Fue entonces cuando vio salir de la lluvia a dos figuras empapadas. En la oscuridad, apenas pudo reconocerlos como Agni y Utpal; delante de ellos, relativamente seco, iba un hombre asombrosamente guapo: era Prithvi. Rajeev se preguntó qué estarían tramando.

Ignorando por completo a Rajeev, Prithvi entró corriendo en la sala, seguido por Agni y Utpal, que jadeaban. Furioso por haber sido dejado de lado tan perentoriamente, Rajeev agarró a Utpal, "¿Por qué has traído a Prithvi aquí?

Utpal parpadeó, "¿Prithvi? ¿Quién es Prithvi? Tenemos a Raja con nosotros.

Rajeev y Utpal se miraron el uno al otro, miradas encapuchadas envueltas en total confusión.

Por el rabillo del ojo, Rajeev registró un repentino giro en el paso de Prithvi, que parecía dirigirse a la parte trasera de la sala. Rajeev miró a su alrededor y vio unas cuantas figuras desplomadas en sillas justo detrás del mandap. Obviamente, Prithvi había reconocido a alguien allí.

La confusión en la puerta había captado la atención de Palash, que se quedó perplejo al ver a un extraño joven entrar en la sala, seguido de Agni. Palash chasqueó los dedos y Agni se acercó corriendo. Por fin hemos conseguido atrapar a Raja", se regodeó.

Palash entrecerró los ojos con desdén. ¿Dónde?", fue la pregunta cortante.

Sorprendido, Agni señaló a Prithvi, que parecía estar inmerso en una intensa conversación con los ocupantes de las sillas más allá del mandap.

¿Quién es? siseó Palash. Ese no es Raja'.

Mientras los ojos de Agni parecían salirse de sus órbitas, Girish vino al rescate. Ese joven de allí es Prithvi, uno de los principales protagonistas de la serie web de Bob'. Agni se quedó boquiabierto. Tardó un momento en procesar la información antes de llegar a la conclusión, a regañadientes, de que le habían engañado.

Girish se llevó a Palash a un lado, "Todavía no sé lo que estás tratando de hacer aquí, Palash," su voz estaba mezclada con preocupación. Pero si estás tratando de casar a Mishti con tu hijo sin su consentimiento, tendrás que responder ante mí. No permitiré que mi hija sea abandonada a su suerte. Es demasiado valiosa para mí como para que la traten con tan poca consideración".

Palash suspiró: "Créeme, Mishti nunca ha formado parte de mis planes aquí, incluso su secuestro ha sido totalmente accidental. Necesitaba cortar de raíz todos mis problemas, y ya sabes que Dita ha sido la manzana de la discordia durante mucho tiempo. Déjame solucionarlo a mi manera, pero te necesitaré a mi lado".

Girish asintió en señal de silenciosa simpatía; no tenía reparos en ponerse del lado de Palash mientras sus propios intereses no se vieran perjudicados.

Palash llamó a Rajeev y le dio una serie de instrucciones mientras el chico se le acercaba. Llévate a estos dos tontos -señaló a Agni y Utpal-, ve a la cantina, reúne a todos y tráelos aquí".

Rajeev parecía un poco inseguro. Hay mucha gente en la cantina, y la última vez me echaron del lugar, ¿por qué me harían caso ahora?

Porque tienes esto", Palash le dio su escopeta a Rajeev, "Si realmente crees que necesitas números para intimidar a la multitud, lleva a Utpal y Arshad contigo, junto con Jai, él también tiene un arma. Veamos si

Utpal y Arshad pueden redimirse limpiando el desastre que han creado'.

Rajeev sostuvo el arma tímidamente, complacido de imaginar que finalmente cortaría una figura de autoridad. Girish le devolvió a la realidad con una dura réplica: "No seas tonto y dispara para demostrar algo, si no el resto de tu vida estarás entre rejas en una miserable cárcel".

Rajeev parecía enfadado y abandonó la sala con Jai y Agni, que parecían muy descontentos ante la perspectiva de volver a empaparse hasta los huesos bajo la incesante lluvia.

Las figuras apiñadas en un grupo detrás del mandap observaron la entrega del arma en un silencio incómodo y luego se miraron entre sí.

Sea lo que sea lo que está pasando, nos espera una mala racha", murmuró Papu. Lo que no entiendo es por qué te han traído aquí, Prithvi".

Prithvi apartó la mirada de Mishti, que lo miraba con una admiración tan descarada que incluso él se sintió avergonzado. Habían enviado a dos zoquetes para atrapar a Raja", explicó. Obviamente no conocían a Raja de Adam. Así que les gasté una broma".

Tamali parecía un poco preocupada por Raja, continuó Prithvi seriamente. Creo que recibí señales de SOS de ella. Realmente no sé qué era lo que la preocupaba", explicó, captando la mirada cautelosa en los ojos de Dita cuando mencionó el nombre de su madre.

Dita todavía estaba enojada con Raja por no haberle tendido la mano en todo el largo y miserable día. Sólo Dios sabe lo que le ha dicho a mamá para preocuparla tanto. Hace un par de horas ni siquiera se conocían", confió morosamente a Sahana, que estaba sentada a su lado.

Pinku, que había oído a Dita, intervino con sus observaciones. ¿Te has preguntado por qué Naveen Mukherjee ha montado el mandap? Creo que nos dirigimos a un matrimonio escopeta, pero ya que nadie parece estar embarazada o de otra manera aquí, ¿por qué está sucediendo esto?

Todos los ojos se volvieron hacia Mishti. ¿Tu padre está tratando de casarte con Raja? ¿Es por eso que la presencia de Raja aquí es tan importante? Pregunto Sahana.

Mientras Mishti negaba a gritos las acusaciones de Sahana, el corazón de Dita se hundió; sabía que Palash Bose no se detendría ante nada. Cogió el teléfono para llamar a su madre.

Tamali contestó, pero el aluvión de conversaciones de fondo hacía casi imposible que Dita oyera nada. Gritando por encima del estruendo, Dita preguntó: "¿Qué está pasando exactamente en la cantina, mamá? Hay mucho ruido".

Tamali respondió: "Chirag Mukherjee está entrevistando a Raja, y el público que tenemos aquí en directo se está volviendo loco de emoción".

A Dita le daba vueltas la cabeza. No podía entender por qué Chirag Mukherjee de todas las personas querría entrevistar a Raja. Estaba desconcertada.

La voz de Tamali descendió a un susurro, 'No puedo hablar muy alto porque la grabación está encendida, pero mi corazón está con el pobre chico, siendo perseguido hasta los confines de la tierra por Chirag y aparentemente siendo forzado por su padre a casarse con alguna chica'.

Dita se sintió desfallecer. Se dio cuenta de que no había comido en todo el día y de que la tensión y la ansiedad estaban acabando con ella. ¿Con quién quiere su padre que se case? ¿Quién es su padre? ¿Lo conoces?", le susurró.

Dita creyó ver miradas de culpabilidad en los rostros de Pinku y Sahana, pero estaba demasiado concentrada en las palabras de Tamali para prestarles atención.

Creo que quiere que Raja se case con Mishti para cumplir con sus obligaciones políticas", susurró Tamali, y de repente su voz se elevó a un grito desgarrador: "¡Dios mío! ¡Oh, Dios mío! Ese estúpido ha vuelto con un arma....". La voz de Tamali se apagó en un silencio ensordecedor. La línea se cortó.

Dita se quedó paralizada de incredulidad. Creo que el padre de Raja quiere que se case con Mishti", murmuró. Ya nada parecía tener sentido, era como si estuviera atrapada en un laberinto, cegada incluso por Raja.

Papu y Pinku se miraron, sobrecogidos por la angustia de no poder divulgar tantos hechos esenciales, pero los secretos no eran suyos para revelarlos, tendrían que dejárselo todo a Raja, decidieron.

¿Por qué Raja está siendo entrevistado por Chirag Mukherjee? se preguntó Dita en voz alta. Sahana abrió la boca para explicar, pero fue inmediatamente silenciada por la mirada de Pinku.

A Mishti, en cambio, le pareció fascinante: "Chirag Mukherjee es el dios de la televisión nacional", declaró dramáticamente. Puede que acepte casarme con Raja si Chirag cubre nuestro matrimonio en la televisión nacional. Esta chica está preparada para el matrimonio escopeta".

Los cinco pares de ojos la miraron con una reprimenda silenciosa, y entonces Papu rompió el silencio incómodo con su propia marca personal de humor. Creo que yo había reclamado a Raja mucho antes que tú, Mishti, y él me elegiría a mí antes que a ti cualquier día".

La risa que siguió bajó la tensión, pero Dita todavía estaba agitada mientras se preguntaba cómo su madre estaba tratando con Rajeev y sus matones en la cantina. Al ver su expresión sombría, Prithvi se acercó y se sentó a su lado. No te preocupes, Tamali sabe manejar las situaciones difíciles. Pero el desafío aquí es Rajeev y la pistola, espero que ese tonto no haga nada estúpido. Podría no ser una cosa fácil de hacer con tanta cobertura de los medios también!

Para entonces, Prithvi ya había conseguido toda la atención de Dita. No entiendo por qué Raja se está convirtiendo en el imán para la atención de los medios. ¿Qué me estoy perdiendo?

En el fondo de su mente, un recuerdo intrigante parecía flotar desde su subconsciente: la prisa inusual e inexplicable de Raja en el aeropuerto cuando ella había ido a recibirlo, sus intentos apresurados de desviar su atención del personal de los medios de comunicación que parecía estar persiguiéndolo. Las piezas del rompecabezas que la habían preocupado desde entonces, por fin parecían encajar.

Miró a Prithvi, buscando una explicación, exigiéndola en silencio; y Prithvi cedió. Creo que Raja es un prodigio del ajedrez. No sé mucho de ajedrez, pero por lo que dijo Bob deduje que Raja es famoso tanto a nivel nacional como internacional. Y por eso Chirag Mukherjee está tan desesperado por entrevistarlo".

La mente de Dita se quedó en blanco. Esta revelación era más grande de lo que nunca había esperado, su hijo Tea era un campeón de ajedrez. Y él nunca se lo había hecho saber. El momento de alegría se vio interrumpido por la tristeza una vez más: tal vez él no la quería en su vida después de todo. Si no, ¿por qué ese inmenso encubrimiento? Sólo quería complacer a su padre y casarse con Mishti. Ella no era más que una aventura pasajera.

Otra conversación del pasado aparentemente lejano seguía zumbando en su mente; Tamali había hablado de un jugador de ajedrez de Phulpukur.... Por su vida,

Dita no podía recordar el nombre del hombre, pero estaba segura de que no era Raja.

Tal vez deberías casarte con Raja y terminar con esto, Mishti", dijo Dita a Mishti con un malhumor poco característico. Estoy segura que eso es lo que Palash y Girish han estado planeando lograr durante este doloroso día.

Palash y Girish vieron con sorpresa como Dita, visiblemente enfadada, se les acercaba. Primero el problema de los carteles políticos, luego el gherao y el secuestro temerario, y ahora un matrimonio absurdo. Ya basta, no vamos a quedarnos sentados todo el día esperando a que se celebre esta boda. Tienes mis bendiciones, sigue adelante y casa a Raja con Mishti, ¡pero vamos a casa ahora!

Girish saltó a la refriega con considerable diversión. ¡Nunca permitiré que Mishti se case con Raja así! Es imposible.

Dita estaba tan avergonzada que no sabía donde mirar, y Palash parecía absolutamente encantado por su incomodidad. El incómodo silencio se prolongó una y otra vez, hasta que Hemlata abordó a Palash: "¿He oído que planeas casar a Raja con Mishti? ¿Estás loco? ¿Esperaste siquiera su consentimiento? Te digo que se escapará otra vez; ¡además, no dejaré que casen a mi hijo así! Él no es un juguete que puedas entregar a este hombre en tu búsqueda de poder político", miró a Girish, haciéndole retorcerse como un gusano bajo un microscopio.

En la cabeza de Dita zumbaban carcajadas estridentes e histéricas. Ya estamos otra vez, y otra, y otra, pensó.

El matrimonio del Cielo y el Infierno

Aditya había pasado la última hora intentando recomponer el retrato de su infame antepasado. Asumiendo que se estaba convirtiendo en un ejercicio inútil, finalmente lo arrancó de los restos del marco y lo enrolló en un pergamino. Estaba decidido a que Durjoy participara en la ceremonia que se iba a celebrar en el salón de actos: era justo que el fundador del colegio estuviera presente en los acontecimientos importantes.

Al salir del despacho del director, una curiosa visión se cruzó con sus ojos. Unas figuras sombrías, envueltas en la oscuridad y la lluvia, salieron a los pasillos donde el personal de la oficina había colocado unas cuantas velas. A la luz parpadeante de las velas, Aditya pudo distinguir que Rajeev, que por alguna razón inexplicable tenía un arma apuntando a las miserables figuras empapadas, empujaba a una pequeña multitud para que avanzara.

Avanzaban hacia la entrada de la sala. Como en trance, Aditya los siguió.

Alguien entre la multitud estaba armando un alboroto. Aditya reconoció la voz: era la voz que armaba jaleo en la televisión nacional durante las noticias de la noche. Chirag protestaba a gritos. Con el agua de lluvia cayéndole por el pelo, deslizándose por los ojos y la nariz, casi cegándole en la oscuridad, sonaba claramente quejumbroso; pero nadie parecía prestarle atención.

El alboroto en la puerta del vestíbulo atrajo inmediatamente la atención de los que estaban dentro. Las cejas de Palash se alzaron al darse cuenta de que, en su prisa por acorralar a Raja, había ordenado que un auténtico circo inundara la sala. Observó con cautelosa resignación cómo el equipo de Bob entraba refunfuñando e irritado. Chirag continuó su desvarío, ajeno a su entorno, aferrándose a Raja como una lapa, como si temiera que Raja se desvaneciera de nuevo si lo dejaban suelto. Un disgustado Pom siguió con Utpal y Agni, empapados hasta la piel y temblando. Sus pasos dejaban charcos de agua a su paso, y Aditya, que iba en la retaguardia del grupo, tuvo que saltar a través de los charcos para alcanzar a Palash y Girish.

Los ojos de Dita se encontraron con los de Raja. Él parecía positivamente picado pero considerando el hecho de que él había ido a tales extremos para ocultar puntos altos de su vida de ella, ella no estaba de humor para sentir ninguna simpatía por él. Desvió la mirada y buscó a Tamali entre la multitud.

Palash chasqueó los dedos y Rajeev corrió hacia él con toda la obediencia de un perro amaestrado. El arma cambió de manos. Jai se acercó con su pistola, vigilando a Palash y Girish con tenaz perseverancia.

Observando el intenso deseo de Rajeev de complacer a Palash, Pom se preguntó si éste era el tipo de fe ciega que Palash buscaba en sus hijos descarriados. Y habiendo fallado en lograr esto, ¿se había vuelto salvaje en su rabia, especialmente por su completa incapacidad de controlar a Raja? Pom no pudo encontrar ningún rastro de cordura en una situación en la que tres pistolas tenían a tantas personas como rehenes, sujetas a los caprichos y fantasías de dos hombres locos.

Pero ambos hombres eran astutos y metódicos. Siguiendo sus Siguiendo sus instrucciones, Rajeev, Utpal y Arshad habían despojado sistemáticamente a todo el mundo de sus teléfonos móviles; toda conexión con el mundo exterior estaba ahora bien y verdaderamente rota y no había ninguna posibilidad de que la policía de Diamond Harbour intentara ponerse en contacto con ellos bajo la tumultuosa lluvia.

La sala estaba ahora iluminada únicamente por las llamas de docenas de velas parpadeantes y la tensión en el aire era tan densa que podía cortarse literalmente con un cuchillo afilado. La amenazadora presencia de las armas había conseguido silenciar a Chirag y Bob, y la multitud esperaba con inquietud.

Las armas se movieron para encontrar sus objetivos, la que estaba en la mano de Girish apuntando directamente a Raja. La multitud jadeó. La de Palash también había encontrado su objetivo, apuntando a Dita. La multitud se quedó quieta, rota sólo por un suave grito - Tamali se había desmayado.

Dita se quedó paralizada, incrédula. ¿Qué quería Palash exactamente?

Girish dio un paso adelante, empujando a Raja hacia el mandap con su arma. Una mirada de total incomprensión descendió sobre el rostro de Raja, ¿por qué estaba la otra arma apuntando a Dita?

Girish le ofreció a Raja una sonrisa enfermiza, "Esta es la solución de Palash a los problemas actuales. Ambos son constantes irritantes para sus aspiraciones políticas, así que él quiere frenar los desafíos de Dita forzándola a un matrimonio desventajoso con un virtual extraño; en este caso, ¡eres tú!

'Es algo bueno para mí también,' continuó Girish, mientras empujaba a Raja hacia adelante. 'Contigo fuera de la contienda, Pom y Mishti todavía podrían tener una mejor oportunidad de casarse ellos mismos.'

Raja estaba intrigado por esta explicación. Oyó a alguien en la multitud riéndose y se dio cuenta que era Pom, tratando de controlar su risa. Era un extraño giro de los acontecimientos, medidas destinadas a crear el caos, conduciendo a la armonía instintiva.

Dita, sin embargo, estaba incandescente de ira, con la cara encendida como un horno. ¿Cómo te atreves a pensar que puedes casarme con un desconocido como si fuera una vulgar prostituta?

Trola", murmuró Chirag, acercándose al mandap. Satyajit, toma nota, esta es una palabra nueva, una adición a mi vocabulario". Satyajit le ignoró, no había forma de que pudiera tomar nota en la oscuridad parpadeante.

Presintiendo el drama que seguramente estaba a punto de desatarse, Chirag trató de acercarse lo más posible a Raja, sacando del fondo de su bolsillo empapado el segundo teléfono que llevaba habitualmente, el que los matones de Palash no habían podido encontrar. Lo puso en modo vídeo y esperó el momento oportuno, con la esperanza de que los matones estuvieran demasiado distraídos con el drama que se desarrollaba ante sus ojos como para prestarle atención.

Con una calma mortal, Palash se dirigió a Dita. ¿No crees que ya me has lanzado demasiadas veces tus estúpidos desafíos? ¿Y esperabas constantemente que digiriera tu insolente actitud en silencio y mirara hacia otro lado mientras tú seguías haciendo lo que te parecía mejor? Pues ahora toca pagar". Se dirigió hacia ella, forzándola hacia el mandap.

Los esfuerzos de Naveen Mukherjee a lo largo de la velada se veían finalmente recompensados, pero tenía sentimientos encontrados respecto a esta ceremonia. En su larga carrera como sacerdote, nunca antes había casado a personas retenidas a punta de pistola. ¿Se preguntaba si era legal un matrimonio a punta de escopeta en los tiempos que corrían? Pero como Girish y Palash le daban demasiado miedo como para cuestionar sus motivos, empezó a musitar los mantras, temblando dentro de su esquelética estructura, con la mente como una hoja caprichosa, agitada por oleadas de ansiedad.

Hemlata, sin embargo, no se dejaba amedrentar tan fácilmente, tenía muy poca fe en la racionalidad de los motivos de Palash. ¿Le estás haciendo pagar casándola con Raja? ¿Qué ha hecho el chico para merecer semejante destino?", objetó, mientras Tamali, que había recobrado el conocimiento pero parecía pálida y conmocionada, la observaba cabizbaja.

El temperamento de Dita se disparó como un cohete otra vez. No puedo creerlo. ¿Estás insinuando que seré la perdición de su existencia si se casa conmigo? ¿Casarse conmigo es una forma de castigo? ¿Quién quiere casarse con él?

Si las miradas mataran, Raja ya estaría medio muerto. Y por cierto, he oído que su padre quiere que se case con Mishti. Así que aleja esa estúpida pistola de mi cara. No estoy de humor para casarme con nadie aquí'.

Palash estaba desconcertado, "¿Su padre?" Miró a su alrededor buscando alguna explicación razonable, incapaz de procesar el hecho de que Dita todavía no sabía que Raja era su hijo. ¿Quién crees que es su padre?

Raja palideció: aquí viene la gran revelación, Dita nunca lo perdonaría ahora. Lo que debería haberle sido revelado muy delicadamente, en privado, ahora sería anunciado rudamente delante de todo el mundo.

Raja cerró los ojos y esperó.

Dita estaba desconcertada por la pregunta de Palash. ¿Cómo podría saberlo? Ni siquiera sabía hasta ahora que él es un supuesto prodigio del ajedrez'.

Ella era cegadoramente consciente de este lapsus de su parte, ¡despreciando la necesidad de profundizar en la identidad de Raja! ¿Se había convencido a sí misma de suspender la incredulidad?

¿Se había dado cuenta inconscientemente de que su identidad podría ser una cruz difícil de llevar?

Ni siquiera sabía el nombre completo de Raja. Acabo de construir mi propia narrativa en torno a mi hijo Tea, pensó. Una fábula, un mito, un producto de la imaginación.

Sacudiendo la cabeza para despejar la mente, Dita se preguntó por qué Sahana y Pinku tenían expresiones de asombro en sus rostros mientras permanecían en la periferia del mandap. Deben de saber algo que yo ignoro, concluyó Dita; ¿acaso no tenía fin esta confusión? Y entonces vio a su madre con expresión vidriosa, su bindi rojo palpitando como una herida abierta en su rostro ceniciento; ¿acaso también ocultaba algo?

Chirag no pudo contenerse más, el silencio que siguió le estaba matando; arriesgándose a las armas y a los dos hombres locos, se acercó a codazos al mandap, lanzándose a una dramática narración de los acontecimientos que se estaban desarrollando delante de sus ojos. La nación lleva mucho tiempo queriendo saber esto. ¿Quién es Anuraj Bose, el joven de talento que ha conseguido derrotar a los grandes maestros del ajedrez con consumada facilidad? En los últimos años, ha logrado evadir a los medios de comunicación, manteniendo su identidad en secreto. Pero hoy hemos conseguido descubrirlo por fin, y vaya ocasión, parece que está a punto de casarse, o le están obligando a casarse'.

Bob observó a Chirag en acción con un sentimiento de agradecimiento a regañadientes: tenía que reconocerlo, se negaba a dejarse intimidar por los pistoleros en su deseo elemental de informar sobre noticias de última hora. Bob hizo señas a algunos miembros de su equipo, que habían introducido cámaras de contrabando con fundas impermeables, para que se unieran a Chirag.

Chirag giró su teléfono y activó el modo de vídeo para obtener un primer plano de la cara de Dita, mientras le hacía preguntas a una velocidad supersónica: "¿Estás contenta de casarte con Anuraj Bose, el último prodigio del ajedrez? ¿Tienes idea del alcance de sus logros a una edad tan temprana? ¿O es que te has visto obligada a casarte con él? ¿Le conoce personalmente o es la primera vez que se encuentra con él, además, irónicamente, con motivo de su matrimonio? Pero antes de que evaluemos la dinámica de la situación, ¿puedes presentarte a nuestro público?

Anuraj Bose", se repitió Dita, mirando directamente a Raja, ese era el nombre que Tamali había mencionado hacía tanto tiempo, Raja era Anuraj, y ella nunca, ni en sus sueños más salvajes, había hecho la conexión.

Raja le devolvió la mirada en silencio, una silenciosa súplica de comprensión brillando en sus ojos, grises flotando sobre el negro medianoche, nublándose de inquietud al darse cuenta de que a Dita le estaba resultando difícil, si no imposible, afrontar la situación.

Y entonces cayó sobre ella como un rayo: ¡Anuraj Bose era hijo de Palash Bose! Se atragantó con la idea, asfixiada por sus pesadillescas implicaciones. Un sentimiento de desagrado ahogó su sensibilidad, convirtiendo su universo en una hoguera de traición.

Finalmente se dio cuenta por qué el desgraciado guardaba tan celosamente su identidad.

Raja podía verla literalmente haciendo cálculos mentales y llegando a la conclusión obvia. Esperó con la respiración contenida, ¿sería su reacción cataclísmica?

Dita podía sentir la ira hirviendo a fuego lento en su alma mientras veía aparecer una sonrisa de suficiencia en el rostro de Palash. Entre el padre y el hijo, sin duda habían conseguido ponerla en un aprieto.

Se volvió hacia Chirag, decidida a jugar a este juego. Si la nación realmente tiene algún interés en conocerme, entonces permítanme presentarme. Soy Dita Roy, directora oficiante del Colegio Phulpukur. El amor de mi vida es la literatura y tengo poco o ningún interés en cualquier tipo de deporte o incluso juegos de mesa como el ajedrez. Hasta ahora no tenía ni idea de la existencia de Anuraj Bose, sólo le conocía como Raja, el chico que una vez me sirvió el té".

El aguijón implícito en su respuesta consiguió dejar estupefacto y en silencio al siempre verborreico Chirag.

Totalmente incapaz de controlarse, Bob soltó una carcajada: "¡Acaba de reducir el ajedrez a un juego de mesa, y a un campeón internacional a un chico del té!

Chirag parecía enfadado: "¿Pero quieres casarte con él o no?

¿Crees que aquí se tienen en cuenta mis deseos? Dita apuntó a la pistola de Palash. Padre e hijo son igual de tramposos. Ser un prodigio del ajedrez no resuelve los problemas inherentes. Los pecados del padre y las mentiras del hijo".

Palash frunció el ceño. ¿Estaba Dita insinuando que Raja le había mentido? Pero, ¿cuándo, por qué y cómo? Su cadena de pensamientos se rompió bruscamente con las palabras más duras.

Y la respuesta a tu pregunta es ¡no! No quiero casarme con él. No quiero casarme con él". La vehemente reacción de Dita resonó por toda la habitación.

El corazón de Pom estaba con Raja, el pobre muchacho parecía cabizbajo. Al mismo tiempo, no podía convencer a Dita porque eso alertaría a Palash de la dinámica real de la relación Raja-Dita. Se encontró rezando para que Dita no revelara el hecho de que conocía a Raja demasiado bien.

La audaz respuesta de Dita había logrado borrar la sonrisa de suficiencia de la cara de Palash. Enfurecido más allá de la creencia de ser etiquetado como engañoso, cargó como un toro furioso, empujó a Chirag a un lado, y empujó a Dita de vuelta al mandap. Vuestras opiniones no tienen importancia. Pongamos este espectáculo en marcha", siseó, apuntándola con la pistola.

Girish ladró una orden a Naveen Mukherjee y comenzaron los rituales. Intentando facilitar el proceso, Naveen reprodujo los mantras sagrados en su teléfono, que le habían devuelto por orden de Palash; y una joven visiblemente enfadada, rígida por la desaprobación, y un joven muy aturdido fueron obligados a sentarse frente al fuego sagrado para iniciar una cadena de votos y promesas.

Chirag seguía filmando el matrimonio delante de las narices de Palash y Girish. Los hombres de Bob también estaban grabando, cubriendo todos los ángulos posibles del caótico drama.

Casi parece un matrimonio de alto nivel; mira la atención que está recibiendo de los medios", murmuró Papu a Pinku y Sahana, mientras Dita y Raja se levantaban para tomar las siete pheras prescritas alrededor del fuego. Parece tan enfadada como para echar a Raja al fuego", murmuró Sahana. Esto no va a terminar bien".

A lo largo de la ceremonia Raja no pudo apartar sus ojos de Dita, ardiente y luminosa de ira como era, se sintió atraído por ella como una polilla atraída por una llama. Aquí estaba una chica capaz de desafiar al mundo entero para luchar por lo que ella creía correcto; de alguna manera, él tendría que recuperarla, aunque para ello tuviera que viajar al fin del mundo. Sin embargo, dominado por la incertidumbre, sintió una corriente de pánico en el corazón, pues cuando volvió a mirarla, sus ojos le transmitieron sin ambages que seguiría sin perdonarla hasta el fin del mundo. Este es un matrimonio entre el cielo y el infierno, pensó, y ahora mismo, él estaba en el purgatorio.

Palash se rió con un regocijo impío: sería imposible encontrar unos novios más miserables que los que tenía ante sus ojos. Se lo tenían merecido por desafiarle en todo momento, contraviniendo planes bien trazados. Se sentó a disfrutar del resto de la ceremonia, tomando notas mentales sobre cómo daría un golpe similar con Pom y Mishti.

Hemlata y Tamali observaban la ceremonia con aprensión, ambas sabían que casar a sus vástagos bajo tanta presión no resolvería realmente ningún problema. Era la amenaza de las armas lo que los mantenía en silencio; ¡no podían confiar en los caprichos de Palash o Girish! Ni Dita ni Raja eran personajes dúctiles, lo que Palash había conseguido aquí era sólo una victoria temporal. Hemlata no podía ni imaginar lo que haría en caso de un enfrentamiento entre padre e hijo después de la boda. Ella miró a Pom, de pie en el otro lado del mandap, una mirada de súplica silenciosa grabada en su cara; Pom levantó la vista para encontrar su ojo, la mirada de pánico total en la cara de su madre casi desgarró su corazón.

Raja notó la expresión sorprendida en la cara de Pom y miró de nuevo a su madre, tratando de tranquilizarla en silencio. Debió de dejar de moverse por un segundo, porque Dita, que lo seguía a ciegas en las rondas alrededor del fuego, chocó directamente contra él, tropezando y cayendo. La desesperación de la situación, la angustia de la traición, la frustración de la pérdida de fe se convirtieron en un momento de pura derrota; Dita sintió literalmente cómo el peso de la lucha, la bravuconería atípica que se había impuesto a sí misma, quedaba aplastada bajo el peso del abatimiento.

Al sentirla flaquear, sin fuerzas y desganada, Raja la alcanzó instintivamente, atrapándola antes de que perdiera completamente el equilibrio, gravitando hacia las llamas en su prisa por alejarse de él.

Y entonces ocurrió algo extraño: Raja se agachó para recoger a Dita, llevándola en brazos mientras completaban la última de las siete rondas alrededor del fuego. El público enmudeció mientras observaba incrédulo cómo la beligerante pareja que había sido arrojada al matrimonio como cautivos involuntarios se transformaba en algo totalmente inesperado. El lenguaje corporal de Raja irradiaba claramente la preocupación y el amor que sentía por la frágil muchacha que tenía en sus brazos; toda la lucha parecía haber desaparecido de Dita, que se fundió instintivamente en los brazos de Raja. Se sintió ahogada una vez más en esos ojos grises; el desgraciado era demasiado guapo para resistirse, se dio cuenta, ¡y demasiado cariñoso!

Sintiendo el cambio en su humor, Raja le guiñó un ojo, como para asegurarle que no importaba qué, él seguía siendo ese chico alegre que ella conocía tan bien. ¿O no? E incluso antes de que ella pudiera fruncir el ceño ante ese pensamiento, Raja bajó la cabeza para besarla.

¡La multitud jadeó! ¡Pom los aclamó salvajemente! ¡Pinku y Sahana estallaron en una risa de absoluta alegría y alivio! ¡Y Chirag capturó cada momento impagable!

Palash no podía creer lo que veían sus ojos; esto era inexplicable, más allá de sus sueños, ¡incluso más allá de sus pesadillas! La chica debe saber magia negra o hechicería, ¡que me aspen! gimió.

Epílogo

Bien está lo que bien acaba

India es una tierra de incoherencias.

Cuando la boda con escopeta saltó a los medios de comunicación, se convirtió en una noticia sensacionalista que cautivó la imaginación de la población y se mantuvo en el segmento de noticias de última hora durante semanas.

Chirag no podía dejar de regodearse por haber desenmascarado con éxito la identidad de Anuraj Bose, y además en una boda escopeta. Cuando la boda saltó a la fama, también lo hizo Palash Bose, que se hizo tristemente famoso de la noche a la mañana.

Sin embargo, ser infame es mejor que ser ignorado. Palash Bose se sorprendió al darse cuenta de que se había ganado la reputación de villano de primera categoría, por haber aterrorizado a su propio hijo para que se casara con una chica por razones equivocadas.

El muy denostado hombre se arrepintió del día en que puso los ojos en Dita Roy; la depresión se apoderó de sus ambiciones, estaba seguro de que perdería las próximas elecciones con toda la publicidad negativa que se había granjeado. Se veía a sí mismo empuñando una escopeta, retransmitiendo en millones de pantallas de todo el país durante días y días, y no le cabía duda de que era el final de su incipiente carrera política.

Pero la India es una tierra de incoherencias.

Palash Bose obtuvo una victoria aplastante. Al parecer, los habitantes de Phulpukur y Diamond Harbour estaban disfrutando de la atención mediática: muchos de ellos habían sido entrevistados por los canales de noticias para ofrecer distintas perspectivas de la boda y conocer mejor a Palash, Anuraj y Dita.

El Phulpukur College se convirtió en una atracción turística con visitas guiadas que narraban la secuencia de la infame boda. Palash había logrado lanzar Phulpukur a la conciencia de toda una nación, y por eso los aldeanos votaron por él.

La popularidad del antihéroe lo transformó en héroe; después de todo, el escenario político indio no es precisamente famoso por la reputación de blancura de sus políticos. Palash Bose prosperó y floreció, como hacen los maquiavelos, pues el fin siempre justifica los medios.

Agradecimientos

Cuando me senté a escribir, me di cuenta de que era como navegar hacia aguas desconocidas en un barco sin timón; éste era mi primer intento de sublimar las intangibles cavilaciones de mi mente en palabras tangibles. Al principio, necesité mucho valor y perseverancia; desde luego, no podría haberlo hecho sin el apoyo incondicional de Kishaloy Roychowdhury, mi marido, que es el viento bajo mis alas, una voz de cordura en todas mis locas aventuras.

Fue mi hijo, Alekhyo Roychowdhury, quien leyó el primer borrador de la novela; dijo que no estaba mal, ¡nada mal! Viniendo de su edad, fue una señal verde para seguir adelante, ¡si es que alguna vez hubo una! No tengo palabras para agradecerle su paciencia y sus sinceros comentarios.

Me gustaría dar las gracias a mis queridos amigos Brototi Dasgupta, Debanjan Dasgupta, Shivalik K. Pathania, Sonia Gupta y Rohan Ray por haberme apoyado en las agitadas aguas del proceso creativo, ofreciéndome valiosas opiniones y leyendo múltiples borradores y ayudándome a encontrar un puerto seguro.

Vaswati Samanta y Jayati Bose han sido mis pilares de apoyo, manteniéndome emocionalmente enraizada a través de las dudas y recelos del proceso creativo.

Por último, quiero agradecer a mi editora, Aienla Ozukum, la confianza que depositó en mí. Sin su ayuda y orientación, este vuelo de la imaginación no habría podido publicarse e imprimirse para mis lectores.

Sobre el Autor

Incorregible amante de los libros, entusiasta de los viajes y aficionada al arte, Suchandra vive con su esposo e hijo en Bayshore, Singapur. Suchandra ha sido estudiante de Literatura Inglesa y obtuvo el título de Master of Arts de la Universidad Presidency de Calcuta y cursó un MPhil en la Universidad de Calcuta. "The Shotgun Wedding" es su primer intento de escribir una novela, habitada por personajes atrapados en una extravagante sátira en un remoto pueblo de Bengala Occidental, India. Las extrañas dinámicas socio-políticas que se desarrollan entre una joven profesora recién nombrada proveniente de la cosmopolita Calcuta y los habitantes de la Bengala rural dan lugar a una narrativa bastante cómica, entrelazada con romance e identidades equivocadas. Actualmente, su primera novela se encuentra en la lista de los más vendidos de Aleph Book Company, y también ha sido preseleccionada para los Women AutHer Awards 2023 del grupo Times of India.

Puedes encontrar "The Shotgun Wedding" fácilmente en: *https://bit.ly/37RB5LK*

www.ingramcontent.com/pod-product-compliance
Lightning Source LLC
LaVergne TN
LVHW041658070526
838199LV00045B/1111